魂のいるところ

しおん

幻冬舎MC

魂のいるところ

目次

第一部

第二部

第一部

一　出会い

伯父の葬儀の日、伯母や親戚達はすすり泣いているのに、私は悲しめないでいた。突然の訃報に、伯母も心の準備がなっておらず、それもそのはず五十三歳で亡くなるなんて早すぎる。良い部下にも恵まれて仕事も順調、家庭円満、順風満帆だった。

立派な祭壇があり、亡骸が安置されているのだが、私には本人が棺の隣に、仁王立ちでまじまじと、他界した己の姿を見つめているかの様に観えている。「あーあ、やっぱり」

人生という名の使命が終わり、なくなるのは肉体だけ。人は魂となって永遠に生き続ける。霊魂が見えてしまうのだから仕方ないと、その場の空気に耐えられず外に出た。重い空を仰ぐと蒸気の様な風が生暖かく、ぬるっと、身体をすり抜け、実母の形見であるマラカイトのネックレスが風に揺れた。

　来週は雨になるみたいですね、と背後からの突然の声かけに振り向くと、端正な顔立ちをした青年がいた。私は人見知りのせいで、無愛想で表情が凍りついていたのだろう。驚かせてすみません、と謝罪を受け一瞬間が空き、青年がばつが悪そうに頭を下げた。越前部長の身内なのかと聞かれ、養女の越前春子だと答えた。私は幼い頃、両親を亡くし、実父の兄である伯父に引き取られ育てられた。青年は直属の部下の片瀬照史《あきと》だと言った。息子の様に可愛がってくれ有難かったと、感謝の言葉を口にしている。とても恩義を感じているようだった。

「恩返しをする間も無く、本当に残念です」お手本のような礼儀正しい反応に、私は困惑してしまった。何故なら伯父が生きている様に見えているから。それで思わず、

「全然悲しくないです」と答えてしまった。大変驚いた様子で、まるで異質な物を見たような反応だ。そこで誤解されてはと、まだ実感がないから、どう反応するの

が正解なのか、わからないと伝えた。それを聞き腑に落ちたのか、「大好きな人が亡くなったのだから、すぐには受け入れられないことですよ」。その声は優しく心に染み入る。私は照史の顔をぼんやり見つめ「綺麗な顔だなぁ……」と思った。

二人の間を、生暖かい風が駆け抜け、しばらく無言で見つめ合った。梅雨の訪れと同時に、私の内なる世界への入り口がたった今開いた。

伯母が館の方から手を上げ、告別式が始まるからと慌てて呼んでいる。私も手を上げてそれに答えた。そして振り返り照史を見て会釈すると、彼は話ができて嬉しかったと微笑んだ。私も同じ気持ちで胸がとてもくすぐったい。笑顔を返したのはちゃんと伝わっただろう。照史が名残惜しそうにしていると感じた。

滞りなく伯父を見送り、帰宅するまでは伯母も悲しみに浸る時間など皆無であっただろう。そのあくる日も夫の不在を突きつけられ、眠れない夜が続いた。そんな伯母を独りにはしておけず、できる限り寄り添いたいと励まし続けた。

職場に復帰したのは葬儀から一週間後の事だった。私の卒業後の就職先は都内の開業医で、心療内科の受付業務を担当している。社会人二年目だ。クリニックの院長は、向井健人という名の臨床心理学教授であり、無神論者の大人な医者だ。私は学校では医療事務を学んだが、心理学に興味があったので、以前からその名を知っていた。著書を読んだときからその理念に共感し、その先生の下で学びたいと、密かに思っていた。

待合室には大きな窓がある。遮光カーテンを開け、降り注ぐ太陽の光に目を細めた。程よく陽が差し込み一日の始まりを告げるこの瞬間がたまらなく好きだ。時間が来れば次々に患者が来院し、それから診察が始まると慌ただしく時が過ぎていく。向井の穏やかで、きめ細やかな診察が評判を呼び、毎日予約で一杯だ。瞬く間に午前の診察が終わり、全て落ち着く頃には昼はとうに過ぎていた。午後の診察までの間も、私には大切な学びの瞬間だ。勤めてから色々経験し刺激も受け、将来は心理学を学び直したいと思うようになっていた。

その日も、待合のソファーで参考書を読んでいると、先輩の堀田に声をかけられた。私の指導係をしてくれている。留守を頼まれ、それに荷が重い用を頼まれた。

午後の診察が始まるまでに向井を起こしてほしいと言うのだ。不規則な生活で必ず仮眠を取っていた。昼夜を問わず、訪問先の患者に困りごとで呼ばれた際は、診察に出かけているからだった。仕方なく承諾したが、そもそも男性が苦手だし心に抵抗を感じた。いざ院長室へ入ると、自分でも驚くほど腹の底から声が出た。

「向井先生、そろそろ起きて下さい」

院長室の大型ソファで、ごろっと横になっている向井を見て、「あ、シロクマ……」と思わず心の中で失笑してしまった。そもそも堀田はこの状況でどのように起こしているのだろうか？　聞いておけばよかった。全く起きる気配が無い。そこで容赦無く、遮光カーテンを開け放った。強い西日が額を照らし、とても寝ていられないと思う。本当に眩しそうだった。

「頼むよ、お手柔らかに！」

と瞳がしょぼしょぼして開かないのか、苦虫を噛み潰した顔だ。重たい身体を起こし、大あくびで完全に寝呆けている。そして何が起きたのか、想像もできず、眉を顰めて私を見た。

私は俯瞰して冷静にその様子を窺っていた。

向井は寝癖のついた髪をおもむろに整えている。

「顔を洗った方がいいですよ」

と淡々と言ったが、この時は本当に可愛げが無かったと思う。はいはいと言わんばかりに、向井はやっと立ち上がり伸びをして私の足元をぼんやり眺めている。一礼して院長室を後にし、ほっとして事務に戻ることができた。

仕事が終わり時は既に午後七時半を回って、重い足で急ぎ駅に向かった。そして心配性の伯母を気遣って電話をかけた。いつもより遅かったし心の状態も心配だった。伯母はすぐ電話に出てくれしっかり食べ物も口にしたし、気分も良いと言っている。確かに声色も良く、それに安堵し急いで帰ると伝えた。すると伯母から、何か甘い物を仕入れてきてとお願いされた。部下の方が、会社に残っていた伯父の荷物を届けに来ると言った。郵送してくれればと何度も伝えたが、線香もあげさせていただきたいと、一歩も引かなかったという。「律儀な人……部下？」私は彼との接点を探し告別式の事を思い出した。会館で、少しばかり会話をした男の人かもしれない。そう感じ足早に地下鉄へ急いだ。

玄関に置かれた折目正しく綺麗に磨かれた革靴に目をやった。居間からは、伯母の明るい笑い声が漏れ、晴々した音吐を久しぶりに聞けた。思わず長い廊下をバタバタと歩いて、リビングに繋がる襖をゆっくり引くと、伯母の笑顔が真っ先に飛び込んでくる。それから照史が会釈をした。「あ、やっぱり」何だか嬉しく思い自然と笑顔になっていた。彼は私の反応を見て同じように笑顔を返して「片瀬照史」と書かれた名刺を差し出してくれた。そのきちんとした物腰に感動を覚える。顔が紅潮しているのを感じた。私は直ぐに顔に出るから恥ずかしい。

照史は気の利く人で、葬儀の時は会社関係の弔問客対応を自主的にしてくれたようだ。今一度葬儀のお礼を伝えた。笑顔の優しい素敵な人だ。整った顔立ちだが姿形ではなく、心が柔らかく温もりのある人柄を感じ取った。伯母も楽しそうで、久しぶりに家族以外の人と話ができたと嬉しそうだ。

照史は調子に乗ってしまったと謙遜している。伯母は伯父の話が聞けて嬉しいと、不思議な事を言った。照史の話によると伯父は時々会社に現れる。一人ひとりの仕事ぶりを観察しては頷いているらしい。幽霊になっても元気に働いて、部下のお世話を焼いている、そんな姿を想像したら嬉しかったと。私は照史が幽霊を観たり感じたりしているのかと期待した。けれどもそうではないらしい。少し落胆したが、伯母を元気づけようと話してくれた事だと納得した。伯母が、姿は観えないが自分の席に座って、新聞を読んでいると話す。そんなわけで存在はいつも感じているしなんだかほっとすると哀愁を込めて話した。それゆえ照史の話すことも理解できると言った。自分が元気になる事を人のいい伯父は望んでいる。そうでなければ亡くなった人が浮かばれない、と何か決意を持っている。それに照史も大いに賛同して、いつまでも悲しんでいたら、旅立った人が心配すると伝えた。

私はそれらを聞いて、以前よりだいぶ気持ちの整理がついたのだと感じた。それがすごく嬉しい。

それに加えてそもそも死んでないと独り言のように、ぼそっと呟いた。それを私は聞き逃さなかった。それにより照史をまじまじ見つめていると、うまく濁されてしまった。

照史はそろそろお暇するとおもむろに立ち上がった。伯母が玄関で見送り、私は一緒に外へ出た。列車が駆け抜ける風と、蒸し暑い気温が悩ましい。しかし線路沿いにタチアオイが淡いピンクの花を咲かせていて、それが不快感を和らげる気がする。彼はタチアオイが天辺まで咲くと梅雨明けになると話した。私はその花の名前も初耳だった。大きめの花が可愛い。特徴は下から段々に上がって咲くことだという。照史が立ち止まり指を差した。この位置だと、梅雨明けはもう少しと言い微笑んだ。そして見送りはここまで、女性の夜道は危険だと言った。駅で購入したチーズケーキを手渡すと、喜んで受け取ってくれた。

「おやすみなさい」

と互いに挨拶をしてその背中を見送った。私の胸がくすぐったくて彼に惹かれている。その気持ちが嬉しくて幸せだった。その出会いは奇跡で、振り返ってみると、初めからそうなるべくしてそうなった二人だと思う。

その後、照史は初盆に訪れてくれた。その日は風通りも良く、縁側の風鈴が気持ち良く鳴っていた。伯母は所用で不在だった。その日は休日で、色々な方が弔問に来て下さるかもしれないと、留守番を頼まれていた。照史は突然の訪問を詫びたが、私は素直に再会出来たことが嬉しかった。ブーンと扇風機の回る音が静かなリビングに響き、全力でそれを聞いた。私は緊張している。このままでは沈黙が続いて場が持たない。正直に言うと、彼の滞在時間を引き延ばしたかった。それゆえに私から声をかけた。おそるおそるだったが、思いきって連絡先を交換してほしいと伝えた。照史は表情が一瞬で明るくなって、同じ事を思っていたと、快く承諾してくれた。その優しい瞳から本心だと感じた私は満面の笑みを浮かべた。そんな姿を可愛らしく思っていたようだ。

携帯電話の下四桁が二九二九で、それはお肉が大好きだからと伝えると面白い人だと吹き出して笑っている。まさか電話番号を笑われると思っていなかったしどうにも気まずい。私はずっと下を向いて畳から飛び出した、い草を、無造作に撫でやり過ごした。

照史は笑ってしまった事を謝罪して食事に誘った。私さえよければ、焼肉をご馳走してくれると話し、黙って頷いたのを覚えている。嬉しさを表に出すのも気恥ずかしくて、照れ隠しに天井を仰いだ。照史は下を向いている。二人とも恋愛弱者の様だ。彼は次の言葉を見つけると、平常心を保つように真顔で伯母の状況を聞いてきた。最近やっと笑顔が見られる様になり、外出もするようになったと伝えると、自分は結婚していないが、愛する人を失う辛さは想像できると話し気遣わしげだ。私も夫婦関係が良好だった為、それはさぞかし心痛いだろうと思っていた。私が支えになり、その優しさはしっかり伝わっていると、宥めてくれた。その言葉は心に響き、自分で恩返しが出来ていると思えてありがたかった。本当に育ててくれて感謝しかなかったし二人を愛している。照史の言葉はなんて心地よいのだろう。不思議なくらい私の心を読んでいる。にもかかわらず、恥ずかしさも抵抗も感じない。それだけ照史を好きになっていた。

二　神を知る

日の流れは私の日常に様々な変化をもたらした。伯母は徐々に元気になりつつあり、自分は信じられない事に恋愛をしている。はっきりと認識できた。また共感覚にも、ますます磨きが掛かりさらに五感も鋭くなった。毎朝必ずお向かいのお爺さんが、玄関先で家を見上げている。「亡くなって三年は経つのに離れられないのかな……」。私は日常的に気がついても、それを微笑ましく思った。きっと観える事も、与えられた意味のある事なのだろう。

私には少し気にしている事があった。食事に行く約束をしてから、だいぶ時が経っていたからだ。とはいえ自ら連絡する勇気は無かった。それでも、ただもう一度会いたいと心で願って毎日を過ごしていた。それによりついに願いは叶う事となった。

伯母に照史と食事に行くと伝えると、いつの間に二人は連絡をとっていたのかと大変驚いていた。そして私には自由にしてほしいと言った。きっと不憫に思っているのだろう。それは憐れんでいるのではなく、早くに両親を亡くしたから、信頼できるパートナーを作り、幸せになってほしいと常に願っているからだ。

私は少し早く待ち合わせの駅に着いたが、すでに気持ちのゆとりがなくなっていた。「どうしよう緊張する……」。このひと時だけでも、饒舌になれればよいのにと、口下手を呪った。うまく話せる方法などと、ネットで調べ出す始末だ。しばらくすると照史が小走りにやってきた。少し汗ばんで息が上がっている。私もさきほど、着いたばかりと伝えた。お互い高鳴る心臓をどうにかしたい。彼の出立ちは、仕事帰りのノーネクタイ、ジャケットを無造作に持ち、ワイシャツから覗く首元が、妙に色っぽく感じる。汗を拭い、それを気にしている様にも見えた。またふっとした瞬間目が合うとお互いに照れて、目線が定まらず、不自然に体が向かい合っていない。

照史はもっと早く連絡したかったが、なかなか予約が取れず遅くなってしまったと詫びた。人気店で、予約も大変だったであろう。伯父や取引先の人と会食した店で、黒毛和牛を一頭買いし、それを看板にしているそうだ。私が美味しいものが好きか尋ねると、食に興味があって、今の会社に入社を決めたと、教えてくれた。私も食べる事が好きで、食いしん坊なところも似ている。少しの共通点が見つかる度に喜びがあった。

完全個室でそれもまた特別な感じがする。またコース料理を予約しその方が食べやすいと、初めての食事に色々と気をつかってくれた。席に案内された頃には、お互い自然と緊張もほぐれてきている。二名にちょうど良い広さの、和モダンな空間で足元は掘りゴタツになっている。少し暗めの照明がいい塩梅だ。

私は何を話そうか、あらかじめ準備をしていた事を思い出しながら、まずは初盆に来てくれたお礼を伝え、それには伯母も感謝していたことを伝えた。また両親の話を聞きたいと思っており、誠実な人柄からさぞかし立派な親であろうと勝手に思っていた。すると意外な答えで、施設育ちで親の顔を知らないと言った。照史は親なしを恥じてないし、内緒でもない。周りの人達は知っている事だからと、微笑んで明るく言う姿に私は安堵した。そしてもう一つ絶対に聞きたい事があった。以前、伯父は死んでいないと、呟いた気がしてその真意を知りたかった。照史はそんな気がすると言いたかっただけと話した。とはいうものの、すぐさま目を逸らしたので「まだ濁している……」と思った。それで私は躊躇しながらも、自身の不思議体験を話してみた。小さい頃から霊とか観えない存在がわかる、神秘体験が多い体質だと伝えた。すると彼は顔をあげ、まじろぎもせず私を直視している。私は恥ずかしくて思わず瞳を逸らした。そういうわけで、それを悩んでいた時期もあった。もし同じ境遇ならそれらを聞いてみたいと伝えた。

照史の口元が緩みはっきりと観えるわけではないけど、伯父の気配はいつも感じている。だから霊が観える事も不思議でないと持論を展開した。

ローストビーフや、肉寿司など五品が贅沢に盛られた前菜が提供された。このためコース料理に期待が持て「綺麗。こんな前菜初めて」。私は心の中でワクワクしていたが、それを表に出すと子供みたいで恥ずかしいから、すました顔を浮かべ余裕があるように見せた。照史はすごく洗練されて芸術作品のようだと感動している。

それはそうと私の顔を真っ直ぐ見つめ直し、僕は信じると話した。人は霊魂として存在している、たとえ肉体が無くなっても。魂は永遠に自分達と共にそこにあると話した。私は映像が脳裏に見えて、そこに映し出された未来を、知る時もあると伝えた。しかしこんな話ファンタジーだと卑屈に言った。照史の表情は本気で、形ないもの、抽象的な事が本質で魂も同じだよ。きっとそれが一番大切と話した。

私は驚いた。そんな馬鹿な、と異議を唱えない。これまで彼のように受け入れてくれる人と、出会った事がなかった。私はみるみるうちに照史の話に引き込まれた。彼のいう本質とは何か、人の思いや愛する気持ちなど、抽象的な目に見えない物。確かに愛や情報、魂は観えないし触れない。太古から人と神や魂は近い存在だった。近代文化が進歩してからは、抽象的な事柄を日常の本質として意識しないことが当たり前になってしまった。

僕は霊魂や神様を本気で信じていると言い、神様は割と身近で、祖母と教会へ行っていたと話してくれた。

次は季節のサラダと牛タンが運ばれ、彼が慣れた手つきで網の上に乗せると、途端にいい香りが漂う。
祖母は敬虔なクリスチャンで、いつもお祈りをしていたし神様の話をしてくれたと懐かしそうに話した。祖母はキリスト教徒だったが、日本には神様や仏様など大いなる存在が沢山いる。それぞれが受け入れ認め合う。なんであっても、観えないからそれはまやかしだろうと、決めてしまうのには反対だと言った。
スピリチュアルな考えを物怖じせず言えることを尊敬し、それは自分のあるべき理想の姿だった。私は特別に一つを信仰したりしないが、神を信じる事はネガティブじゃないと持論を言うと照史が
「神頼みなんて無意味な行いと思う？」首を傾けながら穏やかに聞いた。私は弱いから、自分は弱く、守られたいと思っていると伝えると、頷いて
「弱いか……」と呟き
「そもそも日本は死について、タブー視するところがある。まぁそれだから信仰について人に話せないよね」と笑っていた。
くすんで見えていなかった心の鏡が徐々に磨かれていくように、悩みが嘘のよう

に消え、孤独感から深い安心感を得て解放されていく。人は肉体をなくし初めて本当の愛を知ることができる。照史は個人的にそう思っていると言った。私は正直にちょっと難しいと伝えたが、彼は何も否定しなかった。「僕もいまだ全て理解していないし私は何も知らない。ただそう思えば良い。あれこれ思考しないで」と微笑んだ。

コース料理も進み、物理的に食事が美味しく心も満たされ、アルコールは飲んでいないのにほろ酔い気分だった。本日の希少部位はミスジだという。それは綺麗なピンク色の繊細な霜降り肉で、はっきり言って部位などわからないが、それが美味ということは見て取れた。私はこの美味しい食事と彼との出会い、似通った価値観で、何から何まで幸せに思う。コース料理の二時間半が瞬く間に過ぎていた。伯父は日頃から、こんな良いお肉を食していたのかと、ため息まじりで話した時、きっと私が恨めしそうな目をしていたのだろう。それは、ほぼ仕事の延長で、日常では無いでしょうと、慌てて尊敬する上司を必死で庇う姿は本当に優しいと思う。帰り道も私の歩幅に合わせ、ゆっくりと歩いてくれた。駅までの道のりは堀と川の水面に映る高層ビルとのコントラストが映えている。

照史から週末の予定を聞かれ、伯母の具合次第で外出もできると答えた。私は次の約束に期待してしまう。照史は時々ボランティアで教会に行くと話し、教会付属の施設で自分が育った場所。差し支えなければ一緒に行かないかと誘ってくれた。勧誘とか布教ではない、と前置きした上で牧師先生のお話も一興だと言った。自宅前に到着するとお互い向き合って、気持ちを確認できた。あえて言葉にしなくても伝わる。心が思春期に戻った様で、照史も同じだったのか、目が合ったり、逸らしたり、頻繁だ。その夜は別れたが、ずっと彼の全てが心から離れない。私は幸福感で満たされた。そしてこれがずっと続きますように。何も疑いもせず、永遠だと信じていた。

それから、心と時間は比例せず日常が流れた。その日は珍しく診察が効率よくゆとりがあった。私は元患者について気になることがあった。まだ少女で個性的な風貌が目立つ子だったからよく覚えている。街で見かけ何やら、うろんな男女数名と一緒にいた。それが気になって頭から離れず、何か良くないことに巻き込まれていないか心配だったのだ。そして、そのことを堀田に相談してみた。少し考えていたがすぐに思い出したようだ。かつ、同時に患者の事は気にしない方がいいとつけ加えた。たとえ外で見かけても、声をかけられないし、既に当院には通院していない。その患者は悪魔崇拝をしていたらしい。私はその事実を初めて聞いた。サタニズムというものだ。私には聞き慣れない言葉だったし大変驚いた。ただ、なんと表現したら良いのか、少女から醸し出される雰囲気が重たい。多くの人には観えない情報を私は少女から感じとっていたのだろう。

その夜に照史と電話で会話をし、私達はお互い心を通わせる事を欠かさなかった。そして信頼関係を築きどんどん仲が深まっていく。私が木曜日は定時で帰れると口にすると

「食事に誘うのは木曜日がいいですね」

と明るい声で楽しそうだ。

「何を食べようか？」

思考するのもワクワクしかなかった。そんな些細なことでも私達には大切だ。さ

らに照史は私の微妙な変化にも敏感に気がついていた。そしてひと呼吸置いた後「何かあったの?」いつもと声の色が違うと心配している。例の少女から発せられるエネルギーに影響を受けて、心が引き摺られていたからだ。聞いてもらいたい出来事があるが、でも本当は口外してはいけないと、声を潜めて伝えると、守秘義務を負うと約束した。個人情報は出さずに、かいつまんで心配事を話してみた。照史は、私の気持ちがわかると受け止めた上で、心配になるのはクリニックに勤めているからだと、具合が悪いことを前提として考えるから当たり前だと言った。その上で少女は病気でもなんでもないと、自分で思っているのではないかと言った。私はとても理解が追いつかない。思いがけない言葉に、戸惑ってしまった。角度を変えて、思考した事などなく、それは固定観念に縛られているという事だ。具合が悪い前提、私はそれの答えが知りたいと思った。照史は謝り、否定しているわけではないと言う。サタニズムも一つの考え方だが、周りの人達は世間体とか、迷惑をかけたら困るとかを気にしているかもしれないと優しく話した。その少女の言うサタニズムという言葉尻だけ捉えて、事件や事故を起こしかねないと親は心配している。

娘は病気だからと考え、あまり外出もさせていないらしい。全く自由を奪われた籠の中の鳥になってしまう。不気味だと思うかもしれないが、照史は信仰するだけなら、否定できないし、そもそも悪魔は映画に出てくる、あれ、のことではないと、少し笑って話してくれた。それは名目上で、実は物質的に存在するものの総称だと教えてくれた。そして我々が普段考えたことない事だと言い、私が知らないことを一切責めなかった。

どんどん彼の言葉にのめり込んでいくのがわかった。彼の実直さと新しい世界、言い換えれば心の情報世界を見せてくれる事に惹かれている。哲学には詳しくはないし勉強不足だけど、ものすごく簡単に言ってしまえば、物質的な物や生き方を、肯定するという考え方だと教えてくれた。そして私に出来る事で何より重要なのは、少女を問題のある人と見ない事だと。私がそれならできそうだと伝えると、心配しないで、人の生命力を信じる事に尽きる。自分は教会でお祈りするから、少女の為に祈るよと、話した。

照史は前向きな思考の出来る人だ。少数派の意見も否定しないし、何より物事を善悪で判断しない。私の内にある宇宙、見えない心の声を、言葉という道具を使って正しく表現してくれる。

約束の週末は台風一過で蒸し暑い残暑の朝だ。伯母が、朝食の支度をしながら私に声を掛け門出を祝福してくれた。レースのワンピースがよく似合っていると褒めて、私の頭を優しく撫でた。

伯母はまだ、寂しさや悲しみが完全に癒えていない。ただ、この世に残された自分は、しっかりと、夫の分まで生きていく、そう決意した。改めて私は伯母の幸せを願い、自分も幸せになると誓いたい。

照史から一報あり、待たせたら申し訳ないと、はやる気持ちを抑えとにかく走った。そして遠目で信号待ちの照史をすぐに見つける。その佇まいは、雑誌の切り抜きのようだ。多くの女性が振り返る。少し手前で、乱れた髪を整え平静を装い、手を振りながら照史に声をかけた。呼吸を整えていると、彼が電話なんかしたから慌てたのかと心配した。私は早く会いたかったと伝え照れから心臓が止まりそうだ。お互いに、目を逸らし、今日も緊張を隠せなかった。

電車の中は混雑していたが、彼が人を遮るように私の前に立ってくれた。守られている安心感に包まれる。二駅で降りてそこから大きな通りを少し入った。教会は住宅街にあり、一見するとそれとはわからない。時を経た姿に感動し、建物から発せられる色合いや雰囲気でその歴史を語れるものだと思った。

奥から主任牧師の寺田幹雄が現れた。初老の男性で、私のネックレスと同じ、マラカイトの指輪をはめているのが印象的だった。

手土産を差し出すと、気遣いに感謝してゆっくりしていってほしいと、丁寧に挨拶をしてくれた。それから彼の案内で室内を回った。古くても良いものが揃っている、そんな印象でそれには心の豊かさを感じた。長い廊下を歩き福祉施設に入る。そこでは、小学低学年から高校生まで生活しているのだと聞いた。照史が設備の職員から頼まれた用事を済ませる間に、私は宿題を見てあげたり、折り紙をしたりして子供たちと終始楽しく過ごせた。

外に目をやると、建物は中庭を取り囲むコの字型の構造になっている。寺田が私に、教会は初めてかと声をかけた。素直に私は何も知らないと答えると、そう受け入れるだけで良いと微笑んだ。中庭で洗濯物を干す人や、家具の補修作業を進めている人達がいた。しばらくその様子を窺っていたが、黙々と作業に打ち込んで、無駄話をしている雰囲気はない。それに少し違和感を感じたが、あの方達は施設の職員かと尋ねると、そうではなく、彼らに就労の場所を提供していると言った。できることは沢山ある。彼らは服役後一旦社会に出ても、居場所を見つけられなかった人達だった。

「人生につまずいただけで、社会不適合としてしまったら、彼らの生き場所がなくなってしまうでしょう」

「世の中には色々な事情を抱えている方々がいらっしゃいますね。話では聞いたことがありました」

私は、その姿をただじっと見つめ、彼らは幸せなのだろうか？と思った。彼らは事情を抱えながら、それぞれ懸命に生きている。人を傷つけた者はおらず、コミュニケーションが難しかったりする人が多いと話した。自身も若い頃にあってはならない過ちをし、未だに自責の念に苦しんでいると話している。「人はなぜ過ちを犯すのでしょうか?」と疑問をぶつけると、寺田は私を優しく見つめあくまで自分の意見だと前置きしてから、過ちとは誰が決めるのか、法律か?世の中か?神か?と問うた。私には正直わからないが、ただ闇雲に正義を振りかざすのだけは、好きではないと伝えた。寺田は、もし悪事を行うのならその時は、その人間のエゴがさせている、恐れや怒りは、神の真意とは真逆、私たちは神の子、故に守られ安全だと話した。私はわからないと逃げずにエゴとは何か聞いた。それは、脳から発せられる、誰しもが己だと思っている声の事だと。それなら私は良い自分も悪い自分もあるのだと思う。寺田は、本当の私たち人間は魂なので、エゴなどではない。エゴなどは存在していないと思っていると言った。私は何がなんだかわからないが、心はそれを受け止めなぜか喜んでいるのがわかった。教えは心地が良い。

寺田の願いは、全ての人が平等に救われる事だという。善人が救われるなら、悪人は尚のこと救われなければならない、という好きな言葉があり、この世の常識とは真逆なので、一度聞いたら、その深意を極めたくなると言っている。私は勉強不足なのでわからないが、よく熟慮したいと言うと、そんな風に、否定しなくていいと優しく言った。

寺田は忙しく、子供たちに手を引かれ、行ってしまった。私はもう少し、教えを請いたいと思ったが仕方ない。初めて知る世界観に圧倒されたのは事実。福祉や慈善活動など気に留めてこなかった自分だが、照史の考え方や、寺田の教えに触れ全てが新鮮。もっと知りたいと貪欲に願った。

昼頃、照史が作業を終え戻ってきた。そして放心状態な私の顔を心配そうに覗き込んだ。牧師先生の教えを聞いて、すごく良かったという事を真っ先に伝えると、無理していないか心配していた。照史は不安そうな表情をしていたが、私はすごく心が沸き立つものがあったと喜びを語った。照史は理解できなければとジャッジする必要ない、ただ心で感じれば十分だと話した。意味付けしなくていい、それは何かするのに、いちいち理由を探さなくても良いことだと、後になってわかった。心感じるままに動くことの大切さだ。

私達は教会堂の長椅子に座った。そこにはとても崇高な空気感が漂い、憑き物が取れて、鋼の鎧が剥がれていく様な気がしてきた。ステンドグラスに光が差し込み、キラキラと輝いている。高い天井を見上げて、思い切り深く息を吸いこむ。照史はこの空間はすごく軽やかで心地いい、何も心配がいらずただ委ねていい、自分の呼吸さえ忘れてしまう感覚だと言うが、何を言っているのか、少しもわからない。ただ彫刻のような横顔と、真っ直ぐで透き通った瞳に見惚れた。私がその深部に映し出された光の意味を知るのはまだ先の事だった。

それから教会を後にして、一旦外に出ると、いつもと同じ雑踏が、先ほどの空間とあまりにも違って見えた。照史は改めて退屈しなかったかと心配して聞いた。私は心で感じることを、随分疎かにしてきたなと思って、今までは目や耳が優勢であった事を話すと、五感をフル回転させていたねと笑っていた。感じた事を重要に思ってなかった。照史が自分の気持ちより、他人の意見とか、常識に従う人達が多いからと、真っ直ぐな瞳で話し聞き入った。

駅に向かい、中心部に戻ることにしたが、昼時の飲食店はどこも混雑している。私は店に入るよりも、二人静かな空間で、話がしたいと思った。よさそうな店を見つけた時入ればいいかと上野駅で降りた。公園口から出て、上野公園内を散歩し、ベンチに腰を掛けた。

照史は暑苦しい太陽を眺め、僕らはこの肉体が自分自身だと思っていると話した。私は突拍子もない言葉に驚いたが、その続きを聞いてみたいと興味を持って頷いた。外は蒸し暑く、かきたくない汗が出てくる。二人だけの空間にこだわっていたが、仕方なく近くのコーヒーショップに入った。

自分の肉体はただの乗り物。大事なのは心で、エゴが肉体を動かすのではなく、心で肉体を使ってと言っている。先ほど、寺田もエゴの話をしていた。私は咀嚼するまでに時間がかかったが、照史は焦らせることなく待ってくれる。それから何かに導かれるようにひらめきと共に、目を見開いた。本来の姿は魂だから、伯父も肉体から魂が抜けても生きている。目には観えない抽象的な、心、愛情、喜びを意識して大切にしなければと、そう理解したと言うと、照史は何回も頷いて、やっぱり君はすごいと褒めてくれる。しかし実はまだ腹落ちできてはいない。照史は話を続けそのエゴは色々とやる事に、ストップをかけて語りかけてくる。君には無理だ、それでは常識外れで無責任だとか。過去や未来の不安を引っ張り出し、心から発せられた思いを、妨害するようなイメージだと言った。私は意識してもその後、すぐにできない理由を思考していた気がする。そんな時はどうするのだろう？　照史は、よくお祈りする習慣があるから、不安な時、その声が邪魔な時、神に祈り自分の間違いを訂正してもらうと話した。私は特に信仰がない人でも疲れた時、迷う時、神社やお寺に行くことを思い出した。祈りたい、心の奥底では愛や神を覚えているから。そして感謝をする。そうすると案外、自分はすでに幸福を持っていることに気づかされる。照史はどんな時も、真剣に答えてくれた。彼の表情を見ていてそれがわかる。

この世は心の鏡だから内面がそのまま現実に映し出される。祈りで全てをすでに与えられている事を知れば、安心でき苦しみから解放されるかもしれない。ただエゴは神が嘘つきで信用できないと疑っているので、常に不平不満を増大させているのが、私たちだと話してくれた。

お互いに昼の軽食とコーヒーを注文し、ガラス越しに公園が見える席に座った。夏休みも、もうすぐ終わる頃で、最後の思い出作りに来ている家族連れが多く見えた。それを見て不意に、私を産んだ両親を思い出した。不幸な事故だったが、心の奥底に悲しい記憶として蓋をし、間違っても出てこないように、閉じ込めていた「どうして両親の姿は観えないのだろう……」。いや、私が見たくないと、思っているのだと感じた。

注文したサンドイッチは、イギリススタイルで手軽なバランス食といった感じだ。味はもちろん美味しい。全粒粉のパンに、サラダとチーズ、ニシンの燻製がサンドしてある。照史はホットサンドを食べていた。しばらく食事を楽しんだが、その先の話が聞きたくてウズウズし、サンドイッチをアイスコーヒーで一気に流し込むと、照史はその子供じみた仕草に笑っていた。

照史は自分の思考が外側の世界に映し出されることに気が付けば悩みも減るだろうと言う。仮に自分で自分を罪だと思っていたら、周りの人にも罪だと言われる。私は、自分の事を大切にできているだろうか。照史は、もう見習い春ちゃんじゃないね、と褒めてくれるが私は、何もわかっていないし、自分では説明できない。早く照史がいる場所に近づきたいと感じた。

カフェを出て、散歩を再開し歩いていると、だんだん見事な夕焼けが見えてきた。空が焼けるように赤く太陽の神秘を感じる。二人とも息を呑んで、しばらく黙って見とれた。坂を上がり切った高台は、すごく見晴らしが良い。街並みと、自然のコントラストが圧巻だ。

「この夕焼けは神様が作られたの？」

「それは違うよ。夕焼けは神の創造物ではないけれど、神はどこにでもいるし、何にでも宿る。柔らかい光で包み込んでくれる」

照史が、この夕焼けも、景色も、幻想で儚い夢とわかっていても、つい心を囚われてしまうと言った。私の手を取りきつく握り、赤色から黄色、緑と移り変わっていく様を二人でじっと見つめた。私は、神様が作られたのかと思っていたが、照史は美しいと感じたのだから理由はいらないと言った。彼と話していると驚かされる。

「確信があるから。私もそうなりたい」

「確信？　君が望むなら叶うさ」

一緒に過ごす時間は、かけがえのないものになって、二人一緒なら苦難も乗り越えられる。目の前にキラキラと光の粒子が私たちをまとい祝福されている様だった。

三　異変

それから月を跨いで照史からの連絡がなく、私は様々な悲観的推測に苦しめられた。不安という二文字が脳裏に溢れ、すでに抱えきれない。闇雲に「連絡のない理由」などインターネットで調べても、安心できるわけではない。しかし照史に限って裏切ることはないと、何回も自分に言い聞かせた。しかも無意味な思考が理由付けを探し、弱い心をぐらぐらさせた。情けない私には電話をかけるという行動を取る勇気もなく、その日も心は真っ暗闇の中で家路に着いた。

ふいにトゥルルル　トゥルルルという音が鳴る。それは照史からの電話の着信音だった。「照史くん心配したよ！」という私の第一声は悲鳴に近いものとなった。

電話の向こうで、彼が必死に謝っている姿が浮かび、心も一瞬で、軽やかになった。今までの恐怖が、嘘のように雪解けて、私の笑顔が戻る。

照史が今から家に来てほしいと言い、私は心臓が崩壊しそうなくらい走り、地下鉄に飛び乗った。駅前広場で照史の微笑みが迎え手を振っている。私は胸の中で受け止められ、安堵の涙目になった。照史は連絡の不備を謝罪し急な出張だったと言い訳した。会社のトラブルで台湾に行き、徹夜で作業した挙句、蜻蛉返りだった。と申し訳なさそうに萎えている。私はもう一度、彼の胸に顔を埋めて、その温もりを胸いっぱいに感じた。照史は思いきり抱きしめてくれ、その時は既に怒りなど無かった。

狭い所だと言いながら、玄関を開けた。１ＤＫの部屋はきちんと掃除され、息を呑むほど綺麗だ。何一つ余分なものがなく冷たささえおぼえミステリアスな一面を感じた。ローベッドの頭上には十字架が掛けられ、フローリングの床に、無数の哲学の書籍が積み上げてあった。彼にはもっと温かみのある空間にいてほしいと、勝手に思ってしまった。

彼は空腹だろうと言い、おもむろに料理を始めた。料理人の様に手際よく、私はカウンターキッチンの向かい側から感心して、その姿を見つめた。エプロン姿に、懐かしさと愛おしさを感じて、父や伯父が料理していた頃を思い出した。彼は自炊だから料理が上手だ。苦学生で、高校生の頃から沢山バイトしてきた。飲食店が一番楽しかったと懐かしんでいる。

玉ねぎのみじん切りを、慣れた手つきであっという間に仕上げた。彼が何を作るのかワクワクする。デミグラスソースは、市販の物を使うなら、バターと醤油、さらにはちみつなども加えると美味しくなると教えてくれた。私は食べるのが専門だから、お料理はあまり上手でないと話した。彼が「春ちゃんは食いしん坊だね」と言って笑っている。その中でも私に何かできることはないかと、カウンターにスプーンとフォークを並べセッティングした。子供の頃父が私にカトラリーの準備をさせた事を思い出した。磨かれたシルバーがなんだか新鮮で、大人になった気分だったことを思い出す。

そのうちに、デミグラスソースのオムライスが出来上がった。照史は一つ一つの動作や言葉など、その所作全てが柔らかい。私の心は癒されて彼の内面にどんどん惹かれていく。生涯をかけて一緒に時を刻んだら、どんなに楽しいだろうと心にまた新たな希望が芽生えていた。しかしながらその瞬間から強烈な違和感を感じた。身体の輪郭が薄くホログラムのようだ。「これはなんの情報だろう……」。私は咄嗟に照史の手を離さないように力強く掴んでいた。そして違和感に目を瞑って堪えた。彼は私を不思議そうに見つめている。それゆえ貝のように口を閉ざしていると、照史は私をそっと抱きしめ安心させるように

「いつもそばにいる」

と言った。

私の抱きしめ返す手にも力が入りしばらく身を委ねた。

「照史くん、嘘はつかないでね。私にはわかるの」

「嘘か……。僕は時々わからなくなる。愛は正直さか、それとも優しい嘘が正解なのか」

この時、私は自分の癖を初めて嫌だと思った。目には観えない、そこにある情報

を知ってしまう。それによって心の準備を飛ばしていいはずがない。照史は確かに隠し事をしているが、ただ身に迫る何かはまだ知りたくない。

それから二人は、事実を受け止めたくなくて、当たり障りのない止めどない話を続けた。よってそろそろ帰宅の時間になっていた。私は時が経つのが早過ぎると文句を言った。今度はいつ会えるかと、すぐにそれが気になった。彼はすぐに会えると言うが何となく疑ってしまう。

照史が微笑み私の額にキスをした。「子供じゃない」。と思いつつ、今夜は一緒にいたいと素直な気持ちはとても言えない。私はその夜夢を見ていた。明晰夢のように意識がはっきりしているように感じる。夢には照史がいて、暗闇を一人歩いている。そのうち彼は教会堂に消え、私も後を追い教会堂に入った。彼は長椅子に腰かけていた。真夜中は暗く静寂に包まれ、蝋燭の灯りが一層神秘的な雰囲気にさせている。ステンドグラスから降り注ぐ、月夜に照らされた彼は銀色に輝いている。その姿は天使に見えた。照史は背中から深くもたれ天井を見上げて、身体中の骨が軋む音を心で聴いている。夢だから私に気がついていない。そこへ寺田が声をかけ、そして何があったのか静かに聞いた。照史はゆっくり話し始め、病気になったと、伝えた。私はそれを聞いて、違和感は的中したと思った。脳が痛むと言っている。表情は冷静さを保っているのに、いつもより目の輝きが違って見えた。

寺田は彼の固い決意に気がついている。

「父はなんと仰っていましたか?」「肉体の消滅と魂の不滅を広く伝えることが与えられた使命だと」

照史は一段と穏やかな表情で、恐れがなく冷静で明確だと言った。私には到底受け入れられない。照史に何度話しかけても声は届かない。それにもかかわらず照史と寺田の会話は続いた。

「イエスに創造主がいるように、君の中にも父がいる」

「守られていると? しかし私たちとは何かそれを学ぼうとしても叶いません」。

照史は、「自分の罪のなさを観たいと思っても死ぬことが怖いです」と我を剥き出しにして泣いていた。寺田は肩をだき精霊の愛は、私達が分離の世界にいる間も、ずっと見守ってくれると話した。そして照史を抱きしめている。夢の中の私も泣いて照史に触れたいと手を伸ばしても距離は縮まらない。彼は私のことを、一生そばにいて守りたい、愛しているから離れたくない。そう泣いているエゴに、頭の中で繰り返し言い続けられ苦しんでいた。肉体には意味がないと、エゴにはっきり言っても通用しないらしい。寺田は自分自身を赦す時、平和が訪れると諭した。

私は号泣して、二人の所に行こうと試みるが、逆にどんどん離れていく。ゆえに声は聞こえてくるのに姿が見えない。最後には、とうとうどこかに行ってしまった。もう一度名を呼ぶとそこで夢は終わり。ゆっくりと目を開けた。涙で枕がぐちゃぐちゃになっている。そして完全に目が覚め朝を迎えた。

四　受け止められない事実

その日は珍しく残業を向井から頼まれた。ＰＣ作業だったが難なくこなし、時計はすでに夜九時を指すところで、携帯に目をやると、照史も残業をしている様だった。「同棲していれば、いつでも一緒に食事をとれるのに」。私はそんな事を止め処なく思いながら、本当はあの夢を気にしていた。

資料をまとめて院長室に行くと、労いの言葉を受け向井がＰＣ作業は苦手だ、と言いながら私を見上げた。まとめた資料を手渡し、帰ろうとすると呼び止められ、夕食をご馳走するからと言う。私はきっと怪訝そうな顔をしていただろう。しかしあまり無下にもできず承諾した。タクシーに乗り込むと、車は静かに動き出した。向井は車内でも一人話し続け、私に苗字で呼びにくいから、ちゃん付けで呼んでいいかと尋ねた。それで仕方なく

「クリニックでは苗字で呼んで下さるなら」

「なんか距離を感じるな」

とケラケラ笑いながら私の顔を覗き見た。揶揄われると子供扱いされて不愉快だった。

「堀田さんが詮索してくるし困ります」

「堀田さんはおばちゃんだよね」

それにすかさず悪口ですかと突っ込むと、そんなつもりではないと血相を変えて訂正し、やりにくそうに髪の毛を掻きむしった。その時は軽い冗談のつもりで、場の空気を変えたかったようだ。

私はさらに、先生はご結婚されないのかと畳み掛けたが、自分でもなぜその様な失礼を言い放ったのか自分でもわからない。極度の緊張のせいにしたが、本当にその頃は男性が苦手で、ある意味憧れていた上司を前に緊張していた。

そんなことも向井は余裕で笑い飛ばし、プライベートな難題を聞いてくるのが面白いと言って

「相手がいないから」と率直に答えた。私は一緒にタクシーなんか、乗るのではなかったと、猛反省し下を向いた。車は流れるように環七通りに入っている。

「不躾な質問をして申し訳ないです」

とただひたすら謝り、ただでさえ先生はお忙しいからと伝えたがフォローになっていない。コミュニケーションが不得意だからつい余計なことも口にしてしまう。

彼は私に、お腹が空いているからイライラしているのかと返し、忙しいのは言い訳だ、と自分に言うように呟いて車窓を遠めに眺めた。何か思うところがある様だった。

到着したのは昔ながらの町中華のお店だ。暖簾をくぐると、正面のカウンターに置かれた可愛らしい黄色の招き猫が出迎えてくれる。健ちゃんおかえり〜と女将が元気に声をかけ、暖簾を下げ閉店させた。私がきょとんとしていると、向井は子供の頃からお世話になっている、お店だと教えてくれた。テーブル席に座り、店の作りが昭和風で珍しく、医者も庶民派なお店を利用するのだと思った。壁一面に貼られている短冊のメニューが珍しく、私は中華唐揚げの定食を、向井はレバニラ炒め定食を注文した。

熱々のおしぼりで手を拭いながら向井が身の上話を始めた。父方の家系は代々続く開業医で敷居が高く、それが窮屈で苦手だったと。実家は長兄が継いでいるし自分は末っ子だから割と自由にさせてもらっていたな、などと話している。私はよく喋るなと、思いながら黙って聞いていた。お冷やを持ってきた女将が、向井が女の子を連れてくるなんて、珍しい事もあるものだと驚いている。

「スタッフの春子さん」私を紹介してご機嫌だ。女将が「こんな時間まで、こき使われちゃたまらんね〜、ははは」と大笑いしたが、向井は私をこき使ったのかと、その言葉にショックを受けたようだ。頭を抱えている。「おーい、手伝え」と主人の大きな声がキッチンの奥から聞こえる。女将は大きめの体を揺らしてその場を離れた。

クリニックで困っている事はないかと聞かれ、問題ない事を伝えた。私はこの仕事が好きだし、先生の方こそ身体を壊さないようにと気遣うと、微笑みながら心配してくれるのかと、嬉しそうだった。

間もなく女将が体を揺らしながら、二人分の料理を運んできた。まずは肉の大きさに感動する。唐揚げから頬張ると醤油の香ばしさと生姜の余韻は嬉しい。「美味しい」。私は正直な顔をしているらしく、向井は満足げで
「春ちゃんは好きなものを最初に食べる派だね」

と言った。こうして他愛のない話でも、顔を突き合わせて会話したのは初めてだ。

相手が大人だから楽だったのだ。その時はわからなかったが、後になって向井の懐の大きさを思い知ることになる。

店を後にして車は上板橋方面へ向かう。差し支えなければ、次回はうなぎ食べに行かないかと提案された。しかしまたしても顔に出たようだ。それにすぐさま、返事は今でなくていいと私の答えを慌てて遮った。

私はなぜ食事に誘うのか深く考えたくなかった。ともかくお礼を言い丁寧に頭を下げた。向井はあっさりと手を振って、また明日とだけ言い去っていった。

次の日、雀の囀りで目が覚め、カーテンを開けると強い太陽で目が眩む。いつもより感覚が冴え渡るのを感じた。昨夜はそのまま就寝したが、照史からメールで連絡が来ていた。そこには彼の心情が綴られていて、私が夢で見たようなはっきりとした答えは書かれていないが、とても心配になった。祖母と出かけた教会で讃美歌を歌うのが好きだったこと、そして今それを懐かしんでいること。しかし、いつもなら過去に戻るような、的外れはしないなど。今は日常と別の場所で時間が流れている。だから会社も休むという。いずれにせよ、いても立ってもいられない。

そんな私の気持ちを知ってか、リビングのソファーに目をやると、なんと伯父が座っている。「おはよう」。心の中でつぶやくと、待ってましたとばかりに、

「春ちゃんおはよう！」

と返事が返ってきた。私は冷蔵庫を開け麦茶をコップに注ぎ一口飲んだ。そしてもう一度伯父を見た。

「やっぱりいる」。すると伯父はソファーをぽんぽんと軽く触り、言われた通り腰をかけた。「幽霊と会話するなんて初めてだ」と、ついに私にもかくしてその時が訪れたと思った。伯父は伝えることがあるらしく、私が起きるのを待っていた。伯母に伝えてほしい、自分はあの世で元気だから大丈夫だと。なんにも困っていることなんてない、すごく平和だし穏やかだ。そのことから地獄なんてないよと笑わせた。伯母がなぜ心配していると思うのか聞くと、毎日遺影に手を合わせてお祈りしているからだと。「彼女は優しいからね」と懐かしむように目を細めた。亡くなっても自分を認識して愛を覚えている。愛は永遠だとそう理解した。しかし幽霊は全部お見通しではないのかと思った。伯父は、幽霊、幽霊と、ひどいなと、死んだ人

みたいだ、と言うが、紛れもなく死んだ人で、笑いながら、「僕らは魂だ」とはっきり答えた。したがって永遠で減ることもないし時間のない世界。

「君は芯が強い子だから大丈夫」

と私の肩をぽんぽんとさすった。

伯母が起きてくると、伯父は煙を巻く様に姿を消した。

姉のところに行ってくると言う。祖母が検査入院をするらしい。どこか悪いのか尋ねると頭痛と不眠、食欲もない、毎日頭が痛いと訴える。さすがにおかしいと、健康診断みたいな感覚で病院に行くと言った。祖母は心と体のバランスを崩したのだろうか？　クリニックにも、そのような患者がたくさん来院する。照史ならなんというだろう。

それから私は早く家を出て教会へ直行した。朝のお祈りに参加しているからだ。彼と話がしたい、メールの中身を聞きたいと我慢ができなかった。

私は教会堂の扉を静かに開け、後方に座りそれを静かに見守った。厳かな雰囲気が伝わって、そして神の導きに感謝を伝えている。私も目を瞑り心が落ち着いていくのを肌で感じた。

参加者が帰宅する中、寺田が照史に声をかけ、何やら二人で話をしている。私が側に駆け寄ると、寺田は微笑んで挨拶をした。またいつでもいらして下さいと歓迎してくれ、そのまま行ってしまった。何を話していたのか気になっていると、照史が聞くまでもなく話してくれた。これから本当の心を思い出し、心ゆくまで祈れるようにと、教会で寝泊まりする許可をくれたと答えた。照史の抱えている問題を、すでに知っているのだろうと思った。寺田は先生だが、少なくとも彼の父親代わりでもあり、幼い時から見てきたのだからわかるのは当然だろう。いずれにせよ、目には観えない精神世界の奥深さはまだ私には理解できない。感じた違和感も彼の口から、はっきりと聞いていない。だから信じない。あれはきっと夢の話だと、そう思うことに決めた。ただ心底安心できる場所があって良かったと、それだけは素直に思えた。

その日、終業時刻になり、私が一目散に帰宅しようと廊下に出ると、向井とすれ違った。

「お疲れ様です。お先に失礼いたします」

ビジネスライクに一礼し
「やあ、お疲れ様」

と背後から声を聞いていた。私はとにかく足早にクリニックを後にした。向井は明らかに避けられていると感じたようだ。目もくれない態度に、その時は背中を物寂しく見送るしか、すべがなかったと後から聞いた。

待ち合せ場所で、照史の姿を見付けると駆け寄った。カフェからコーヒーを手に出てきた所だ。笑顔で私を迎えてその様子は普段と変わらない。

高層ビル群とあおい芝のコントラストが好きだ。園内を少し歩き、石の階段に腰をかけお互い少し沈黙した。私は照史の横顔を見つめているうちに、あの違和感のことを聞かずにはいられなくなった。

「照史くん体調悪いでしょう？　実は身体が透けて輪郭がはっきりみえなかったの」

不安と恐れ、色々な感情が散乱し口から心臓が飛び出そうだったが見て見ぬ振りはできない。彼はしばらく考えていたが、私の気掛かりに応えた。ゆっくりと穏やかな口調で腫瘍ができたと一言で答えた。それも信頼があったからであろう。取り乱すこともなく、心静かにそれは穏やかな表情だった。

「黙っていてごめん。中々言い出せなくて」

と真摯に謝ってくれた。私はすぐに言葉が見つからず、頭の中が真っ白になったが、不思議と病状の詳細なイメージが脳裏に観えた。MRI画像を目の前に見ている様で、頼んでもいないのに丁寧に解説付きだった。

放心状態の私を見てさぞかし心配になったと思う。それから必死になって、何か言っているが、彼の声が全く聞こえない。

私はただ一点を見つめ、今にも溢れそうな涙を堪えるのに必死だった。肩を小刻みに震わせているが、照史は抱き寄せられない。最近わかったのか聞くと、照史からしばらく連絡が途絶えた頃、ちょうど台湾へ出張に行った前後だったと言った。いつもお世話になっているかかりつけ医に行き、そこで詳しい検査を勧められた様だ。私も付き添うから検査を受けようと、ついにポロポロ涙をこぼしてしまった。

照史は私の手をぎゅっと握っている。嗚咽しながら声を絞り出すように、何回も、検査、検査と懇願した。しかし彼は検査しないときっぱり言った。自分の使命を受け入れたから。

「私の意見はどうでもいいの？」

沸々と怒りを覚えて急に立ち上がった。目をぎゅっと瞑り彼の手を振り払い深呼吸をした。抑えきれない怒りと悲しみ、よってその場にいられなくなり私は突然走り出した。

「春ちゃん！　待って」

という呼びかけに振り返りもせず風を切りながら、とにかく逃げるように走り続けた。公園を抜けしばらく行くと息が切れてきた。それでもまだ肩を揺らしながら、黙々と歩き続けた。とめどなく出てきた涙が一度止まったが、横目に大聖堂を見て思った。「神様なんて！　いないじゃない」。怒りが再燃し湧き上がってきた。頬に伝った涙が風で乾燥してヒリヒリする。どのくらい歩いただろうか、現在自分のいる場所も、把握できずに、公園のベンチで休み、踊る心臓を落ち着かせた。放心状態でその前後の記憶が消えているし怒りの感情が溢れ抑えきれず「私の事はどうでもいいのね。あなたが身罷っても、これからの人生を私は走り続けなきゃならない……」。私の為に懸命に、生きようとしてくれないと、その時は己の気持ちばかりだった。悔しくて、寂しくてまた泣けてきた。どのくらい時が流れたのか、木々がそよそよと囁く様な夜風に当たっていると、物思わしい感情など知る由もない夜空の星々が、自分の為に光り輝き、慰めているかのように思えてきた。「綺麗……」、頬に最後の一筋の涙が伝って、身体中の水分が出きった様に止まった。「夜空が美しく見えるのかい?」と背中が大きく曲がった老婆が、夜更けに杖をついて声をかけてきた。私はあまりに突然の事に驚いて呆気に取られた。「あたしは墓参りの帰りさ」と呟いた。「こんな時間に?」。私は眉をひそめ異世界にでも紛れ込んだのかと、視界を巡らせた。老婆の存在が現実か、あちらの住人なのかわからなかったからだ。老婆はもう一度、「星が美しいと思うのか?」と問うた。「宇宙の壮大な景観と光り輝いて綺麗」と言うと、それは違うなと、そう情報が刷り込まれているだけ。星が綺麗なわけじゃない、星に宿った神の光を見ているだけだ、と突っぱねた。言葉の意味が無性に気になるが、とても理解ができない。そこへもってきて星が自分の為に輝いてくれているとでも思っているのかと追い打ちをかけられた。「そんなこと……」。図星で口をつぐんだ。老婆が、その優越感が問題だと、人間は他と比較して優越感に固執する生き物だからと言う。私が星を特別視しているとでも言いたいのかと思った。老婆は畳み掛けるように、「もし星は綺麗ではないと言う人がいるとしたら？　星が綺麗だと誰が決めた？」と続ける。私は目を閉じて、これ以上心をかき乱さないでと思った。

「自分の価値観なんて無意味だってことさ。整合性をつけようとして、自分は間違っていないと思い込んだらいかん」

老婆は杖をつきながら、ゆっくりと歩き出した。私は杖をついているので、タクシーを呼んだ方がいいかと気を遣ったが、なぜ杖をつくと、歩くのが困難と思うのか決めつけてくれるなと、反対に怒られ「もうっ可愛げのない」。気分を害し心の中で怒っていた。そこへもってきて

「自分の考えは間違っていないと信じているから、そうやって怒るのだな」

と心を読まれて自分の無力さを感じた。私は呆気に取られて立ち尽くしていた。しばらくすると、そこには暗闇と木々と風が少し吹いている。すでに老婆の姿はなく、ただ静寂があった。自分の怒りがメラメラと燃えて、跡形もなく消えていたのを感じた。

そこに一台のタクシーが止まった。照史が駆け寄りきつく抱きしめた。たくさん心配したと話している。「どうして？」

起きたことがわからず、やはり私は別世界に居たのかとそんな気がしてきた。照史が君から連絡が来たと、その上で迎えに来たと話して、遅くなったことを何度も謝罪している。謝りたいのは私の方で、急に居なくなり心配をかけてしまった。

今夜は一緒にいたいことを素直に伝えると、快く承諾してくれた。照史が下宿している部屋に着くと、こじんまりしたワンルームにシングルベッドが置かれていている。相変わらず、きちんと整理され清潔だ。狭くて落ち着かないかもしれない、と言いながら温かい飲み物をくれた。私の気持ちは痛いほどわかっているつもりだと、後ろから抱きしめ優しく頭を撫でた。

「不思議な事があって現実ではなかったみたい」

照史は詳しく教えてと優しく言い、先ほどの出来事を話した。

「その人に言われたの、星が綺麗なわけじゃないと」

「君は星が綺麗だと思ったの？」

頷くと、それは星が綺麗だと思える心があると言うこと。だから瞳にもそのように映ったと教えてくれた。夜も更けていたが、私の好奇心は刺激され、全く眠れぬ夜になりそうだ。

照史はおもむろに立ち上がるとランタンに明かりを灯した。その柔らかい光が心に染み入る。

綺麗だと思う心は、同時に星に宿った神の光を見ていると言うことだ。

「君の心に神と同じ光があるからそれが見える」

私は眉間に皺を寄せていた。照史がそんなに難しく考えないで心で感じた直感を信じてそれを大切にしてほしいと言った。

「星を綺麗だと思わない場合はどうなるの？」

星が綺麗でもそうでなくても、それぞれの感じ方は自由だからどちらだって良いのだと。それ自体に良いも、悪いもない。今なら判断することの無意味さがわかる。照史の胸に抱かれていると安心する。決して私を置いてきぼりにしない。今は病を抱え心の余裕がなくて当然なのに、彼は本当に人間の姿形をしている天使なのかもしれない……。しばらくして、私は温かい体温に包まれながら、眠りに落ちていった。

額に注がれる朝陽で目覚めると照史の姿は教会堂にあった。しめやかにお祈りが行われている。少し離れた場所に座り、彼を探した。そこへ、寺田が私に声をかけてきたので、立ち上がろうとすると、そのままでいいと着席を促した。いつも親切で受け入れてくれる。

寺田は彼が望むことをしたいと話した。病気の事はもちろん知っていて、照史が私の事をとても心配していたと伝えてくれた。

罪悪感で目線を下にやった。取り乱す事もなく受け入れ始めてきたから、それで私に話をしたのではと聞かれた。

それは間違いで、問い質してしまったこと、自分を抑えきれなかったと後悔の念を伝えた。すると照史は気にしていないと言い慰めてくれた。そして彼と初めて会った時の事を話し始めた。

照史は十歳のとき一人でやってきた。教会堂のベンチに横になり眠っているのを見つけた。項垂れている彼を背負い、施設に連れていくと朝食を全てたいらげた。よほど腹を空かせていたのか、あの時の姿は忘れられないそうだ。その日からここでの暮らしが始まった。祖母と二人暮らしで、保護者や親類を探してみたが、結局何もわからなかった。それから時間はかかったが、戸籍を作り、のちに施設から学校に通った。人一倍努力をして大学にも行き好青年に育った。それだけに感慨深く、寺田は感傷的になっているようだ。私は病院に行って治療すれば良くなると思っている、と持論を伝えた。

しかし照史は何よりも私のことを信じて大切に思っている。とても辛い事ではあるが、どんな決断をしても受け入れてほしいと言った。私は俯いて拳にぎゅっと力を入れた。「言いたいことは、わかるけど」。まだ照史の決断に納得できず気分が滅入ってきた。

それから照史に食事に誘われたが、なんとなく断ってしまった。あまり表に感情を出さないが、いつにもなく寂しそうな表情を浮かべている。私もやるせない思いだったが、今話をしたら、この口が彼を傷つけそうで怖かった。

駅で別れ、そのままクリニックに向かった。一人の空間はとても穏やかで、厚手の遮光カーテンの裾から、晩秋らしい日差しが差し込んでいた。身支度をしてコーヒーがゆっくり抽出される度に、なんとなく冷静さを取り戻していった。

五　魂のいるところ

私たちは休日の昼過ぎ隣県の観光地に出かけた。避暑地といわれる場所で、観光地といっても、自然豊かで静かな場所だ。清流の脇にウッドデッキがあるカフェで、その地域は水の町で水流が豊富だった。テラス席で水面が太陽光でキラキラ輝き、川魚の鱗が虹色に見えたりした。照史に元気が出たかと聞かれ、私の顔を心配そうに見つめている。

「思っている事を教えて」

「あなたが決めたことを理解してあげられない」

治療しないで、このまま時に身を委ねるのかと、ゆっくり絞り出すように伝えた。照史は、時折頷きながら、しっかり聞いてその瞳はまっすぐで濁りがない。

私は治療したらきっと良くなる。ずっと一緒に……旅行したり美味しいものを食べたりしたい。そう思っていた。

「いい時も、そうでない時も、お互い支え合って、生きていきたい」

と涙を我慢してプロポーズをしている様に告白した。そして泣き笑いをして自分の感情をごまかした。気がつくと、テーブルの上の両手に力を込めて岩のようになっていた。照史も私の気持ちを察して今にも泣きだしそうな顔をしている。そして照史は私の硬くなった拳を優しく触り、力みを取り除くように手のひらを広げてと促した。そして手のひらに、自分の手のひらを重ね握り返した。

目を閉じて呼吸を楽に吸って吐いてと言う。導かれるまま、呼吸に全ての意識を集中した。身体の芯に太い木の幹が通っているように心の目でそれを見る。その幹は地球の中心に、しっかり根を張っている。脳裏にイメージを浮かべ胸の奥、肺を通り越して、心臓よりもっと奥に温かい光の玉がある。その光の玉は、どんどん大きくなり、身体全体に広がっている。そして二人、このカフェをも包み込むように広がっていく。

それをただ感じていると、身体の力が抜けていきリラックスできた。くすぐったいような軽い感覚で、イメージの中で身体が光の中に溶けて形がなくなっていく、不思議と身体の感覚が薄れて今までに経験したことがない。

「身体がないみたい」

そのふわふわとした感覚が心地良いと思った。しばらくそれを味わい、ゆっくり目を開けると陽の光がゆらゆらして、自分の感覚に重さを感じた。照史が優しい目をして微笑んでいる。

「感じてくれたみたいだね。魂のいるところだよ」

「魂?」

彼はその柔らかい光は、いつも心にあって心が愛だし、その形のない感覚が、本来の自分だと思っていると言った。

私は頷き、確かに温かいふわふわとした何かはあった。照史は不思議だと言う。身体は実在している様に見えているけど、役目を終えたら消えてなくなる。けれども魂は、永遠に消えないのだからと。

二人の間に、そよそよと風が吹いて心地よい。空に祝福されているのか。私は確かに魂を感じ、それをわかっていた。伯父だって魂となって生きている。ただ厄介な私のエゴはとても嫌がって、抵抗しているのを感じた。なぜなら、身体を無くした途端触れることができなくなるのは、寂しいと思うから。

物理世界は永遠ではないから全て幻想。儚い夢と言える。それゆえ景色も美味しい食事も特別に感じているだけだ、と彼は言うが、私は納得できずにそれでも、すぐには受け入れられない。病気の治療は別で、その選択肢はすでにないのかと、声を荒げた。

病には意味がある、僕と君にしか乗り越えられない使命だと言った。彼がこんなに、はっきりと主張するのも珍しく、真剣に訴えている。はっきり言ってしまえば、私にはなぜその使命で、自分の大切な命を差し出すのか、到底理解できなかった。あまりにも頑なで心を開かないから、相当困ったであろう。照史は両手で顔を覆って、手のひらを合わせてから優しく見た。

「君を愛しているし、悲しませたいわけじゃない。どうしても検査を受けてほしいの?」

私は目に涙をいっぱい溜めて、何度も頷いた。それで私が安心するなら、そうしないといけないねと、言ってくれた。私は溜めていた涙を思い切り流し、照史がハンカチで涙を拭いてくれるが、次々と流れてくるから追いつかない。

「あぁ、いっぱい出てくる、ごめんね、泣かしちゃった」

そこへ、注文したスウィーツが運ばれてきた。色とりどりのケーキが風雅な陶器の皿に盛られて、これでもかと物質世界の有り様を突きつけてくる。食べてしまうのは勿体ないと思うかもしれないが、たとえ食べてしまっても、心にちゃんと残るから。見えなくなっても心にはある、それを忘れないでほしいと言った。

後日、照史は紹介された大学病院に行くことになった。今日がその日で、私は落ち着きなく連絡を待っていた。午前の診察が終わり、待合の長椅子に座っていたが、時間を長く感じ、冷静さを保てるように祈り続けた。

それからクリニックの外に出て、ビルの合間から、差し込む秋の日差しに、目を細め大通りを歩いていた。そのうちに照史からの連絡で、検査の終了を告げられた。私の声は意外と落ち着いていて穏やかであったと思う。照史は結果を素直に伝えた。やはり、難しい位置に脳腫瘍が見つかった、それを手術しないことも聞いたが可能性からするとゼロではないのだろう。ただ私が思っていたことは現実ということだ。照史自身は受け入れているし、頭の中はクリアだと話し、どの季節まで物質世界にとどまれるのかわからないが、自分のやるべきことをしたいという彼の願いを聞いた。

本当は、病状も決断もわかっていた。それなのに、照史に検査を、無理矢理受けさせたことは、あえて、辛い現実を突きつけて傷つける行為だったのかもしれない。私は心無いひどいことをした。しかしその選択には未だ同意できない自分がいる。己を責めてしまう気持ちと、後悔と怒り、悲しみ、様々な感情が、わぁっと、大津波の様に、押し寄せた。私は携帯電話を握りしめたまま、今にも崩れ落ちそうで、身体の力が抜けた。ついにフラフラとその場に倒れ込み、その大通りで誰かの「救急車！」と叫ぶ声が響いた。私は運よく、すぐに区内の都立病院に運ばれた。気がつくとベッドの上で、ゆっくりと目を開けると、仕切られたカーテンが目に入り、病院に運ばれたことを理解した。「気がつかれましたか？」と看護師が尋ねた。彼女はカーテンを開け、救急車で運ばれた事を教えてくれ、同時に御気分はどうかと聞いた。パルスオキシメーターを指に挟み私の顔も眺め、顔色も良くなってきたのを確認した。後ほど救命の先生が来るので、少し待ってほしいと言い、頭がぼんやりしたなか頷いた。

それから家族の方が迎えに来たら、帰っていいと早口で言われた。まだ夢の出来事のようで、そのうちに、救命の医師が慌ただしくやってきた。ご自分のお名前言えますか？　から始まり、検査資料をペラペラとめくりながら、早口で話している。私はそれでも、なぜ倒れたのか聞くと、おそらく強いストレスが引き起こした、反射性失神だと言われた。そして何か工夫をして、ストレスを発散し、気になることがあるなら、医者にかかるのも良いと言う。医師はお大事にと言うと、足早に去っていき、私はそれを聞いていた。その後、伯母が血相を変えて病室に入ってきた。そして私をきつく抱きしめて、

「あなたは頑張り屋さんだから、一人で抱え込まなくていいのよ」と

事情も聞かずに、頭を優しく撫でてくれた。頬に涙が伝い両親が死んだ時も、気丈に振る舞う私の心をそうやってほぐしてくれたのを思い出した。私は伯母の胸を借りて泣いた。

待合室に出ると心配していた向井が駆けつけていた。送っていくから明日話そうと、それ以上は何も言わず、私は事情を問わないことに感謝をした。家に戻り携帯を見ると、照史から一通のメールが来ていた。

それには照史自身の気持ちが、素直に書かれていた。子供時代の記憶で、物心つ

いた頃には、祖母がいた。寡黙な人だったが、彼を毎週教会に連れていき、祈る事を教えてくれた事、狭いアパートに無駄なものが一切なく、きちんと清掃され、いつも決まった食事だった事。そんな祖母のことを、大事に思っていて、今でも別れを悲しんでいる事。死んだ時、自分も一緒に逝きたかった事。貧しかったが祖母なりに愛してくれたし、きっと贖罪のつもりで育ててくれたのだと思う事。この世は不平等だし安らぎは幻想と、子供ながらに感じていた。祖母がいなくなり、死を覚悟したが、しかし自分の魂が肉体を必要とし、あの時確かに生かされ、あの教会に、牧師に、聖霊に救われたのも紛れもない事実。

語られる言葉に胸が詰まった。子供時代に、辛い経験をしたのは、私だけではない。きっと同じような、悲しみを抱えてきた者同士だから惹かれていたのだ。心はすでに知っているから。私は出会いに感謝して、照史の決めた事を、尊重しなければいけないと、思い始めていた。

六　照史の思い

その夜は風が冷たく、そして虫の音が心に沁み入り、晩秋の訪れを感じた。照史は教会堂に座ってその場に放たれている、エネルギーに身を委ねる事をして漂った。心の平和を保てるように願い、それはもう何者でもない心地よい感覚だ。そして寺田が声をかけた。いつもの微笑みにホッとする。「秋の夜長にチェスでもしませんか？」と誘われ、照史は何年振りかで懐かしいと思った。

牧師の書斎に移動して、手元を照らすランタンを灯した。そして小さな音で、好きなクラシック音楽をかけた。そうすると子供の頃を思い出す。あの時はチェスに夢中だった。集中できて、祖母のいない悲しみを忘れられたから。寺田が使い込まれたチェスボードを取り出し、おもむろにチェスピースを並べていった。照史が、その様子を静かに見守る。寺田は並べ終えると両手を上げ視線を送り、掌にはピースが握られている。右手を指すと両手を開いて、白のポーンを選んだ。照史が先攻だ。

「負けませんよ」

「君は頭もいいし、飲み込みが早いのでとても良い生徒です。誰かにそれを教えてほしいと思います」

ただ、教えることはもう叶わない、医者に行ってきたと告げた。照史がポーンをe4に置き、僕はエゴの、思考の言いなりにはならないと決めたと話した。寺田は、信じるかと聞き、照史は父を信じるとはっきり述べた。自己で判断しない、神に導かれたことをすると決めた君に、首《こうべ》を垂れる思いだと言った。そして、目を潤ませながら創造者を見ている眼差しだった。後手の黒いポーンはd4に置かれ、照史は次の一手を模索しながら、「初めから身体は生まれていない」。そのような言い方をすると、誤解されそうだと笑った。寺田は静かに耳を傾け、ナイトをf3に動かした。

照史が神は自分を通じて、多くの人に伝えたかったと、そう解釈して魂のいるところは、身体じゃないと知ったら衝撃を受けるだろうと続けた。それが最も伝えたい事だと。生まれてから、すでにエゴがあると思ってそれは物理身体あっての人生だと思っている。僕たちはその中で懸命に生きてきたと思っていた。ほとんどの人はその神髄を知らない。見える世界と見えない世界がある。僕は心の中の消せない思い、それを一番大事にしていきたいと話した。

寺田は、死あるものは初めから存在しない、それを受け入れる時、真実に近づける。

「君はやがて光の粒子となって羽ばたいていく。それを我々は、目撃することになるのでしょう」

と静かに話した。とはいうもののそれらは一つの考え方だから、選択は個人の自由だ。抽象度を意識して生きても、物理的な物を大切にして生きても、どちらを選んでもいい。正解はないのだから。そう言うと、ビショップをg4に進めた。こうして二人はかけがえのない大切な時間を過ごし、静かに夜は更けていった。

七　愛に戻る

早朝私は向井の車に乗っていた。昨日のお礼を伝えると、眠れたか聞かれた。眠りは浅くて夢を見ていた様だったが今朝は頭痛もないし、大丈夫だと言った。しかし向井はそうは思わないから、診察を受けてもらうと言う。私の表情は、彼の目に明らかに怪訝そうに映ったに違いない。私はプライベートを話すつもりはないし干渉されたくなかった。だが向井はそれを察していて、他の先生に頼んであるから、自分は聞くつもりは無い、と笑顔で答えた。私は顔を上げ、思いがけない気遣いに驚いた。

都内のとある大病院は、三棟に分かれており、まるで迷路で早足の向井について行くのがやっとだった。エレベーターは四階で止まり、紹介された医師は、矢嶋塔子といった。優秀で信頼のおける人だから、安心してなんでも話してくるようにと促された。ドアを二回ノックすると、明朗な女性の声がした。お互い挨拶を交わす。ちょうど夜勤明けで帰る前だからと、急な依頼にも応えてくれたらしい。彼女は向井に外で待っている様に指示して、私の真正面に座った。大まかなことは聞いたと言い、いきなり失神してしまうことは初めてか聞いた。頭痛や発熱、持病もないことを確認すると、虚弱体質ではないと結論づけ、精神的ショックとか、ストレスが原因だと言った。最後に向井くんが、パワハラとか、セクハラしたか？と私の顔を覗き込んであははと軽快に笑っている。底抜けの明るさにホッとする。私は顔を横に振り、少し笑顔を取り戻した。顔色もいいし大丈夫だと、まだ若いから悩んだりするし不安や恐れから、ストレスを感じるものだからと。私は、矢嶋の顔を見つめた。窓からは、色なき風が気持ち良く、痛みを洗い流す様だ。より冷静さを取り戻し、落ち着いて重い口を開いた。

「余命宣告された人になんて声をかけてあげるのが最良でしょうか」

矢嶋が大変驚いている。パートナーが余命幾許もない。そのような状況を受け止められなかったと話した。矢嶋は、それがストレスの要因で、自分も院内の緩和ケアを担当していた時があると話し、それはきついことだと私の気持ちを慮った。そして入院しているのか聞いた。私は検査を勧め、治療をお願いしたが、本人からそうしたくないと言われてしまった。そのことが悔しいと、彼女に心情をぶつけた。矢嶋は諭すように、辛いけど、それは本人の意志で、決める権利を、奪われることはないし、できないとはっきり言ってくれた。それで私は目が覚めた。今、自分のすべきことは支えること。私は複雑な思いで、下を向いて、必死で涙を堪えている。「もしホスピスとか望むなら、紹介できるから、いつでも頼ってね」と名刺を手渡してくれた。

「ありがとうございました。私覚悟を決めました、先生のおかげで決めました」

顔を上げて、苦し紛れにも笑顔を見せた。そんな私を、彼女は黙って抱き寄せた。その温もりに身体が緩み、頬には一筋の涙がこぼれ落ちた。

人生は不平等で、生き死には神のみぞ知る。より健康で長生きしたいから、ますます身体を大事にする。しかしその行為は病気になり得る身体と、自分が信じて貼りつけたレッテルだった。今まで信じていた事と、真逆な真意。それでも、愛した人が唱えるなら、ちゃんと聞かなくては、私が聞かなくてどうすると自分に問い続けていた。

帰りの車中で、私は窓ガラスに額をつけたまま、後方へ流れていく車窓からの景色を、眺めていた。向井は私を心配そうに見た。

「先生、生きるってどういう事だと思いますか?」

唐突な投げかけに、困惑したが、それからおもむろに答えた。

「この世に生を受けて、それをとにかく全うすること。科学が進歩した世の中でお母さんのお腹から誕生した命は唯一無二。だから尊いし大切にしてほしいよ。医師としての意見かな」

私がもっと簡単に、と言うと、男として最愛のパートナーを見つけて、生涯をともにしたい。生まれてからゆっくり大人になって、適齢期が来たら結婚し、子が生まれたりして、子育てに必死になり、年齢を重ねて、色々な人に出会い、おじいちゃんになって、最後は結果良かったなと、そう思いたいと持論を述べた。また私が何に悩んでいるのか計り知れないけど、僕はいつでも味方でいたいと言って、優しく微笑んでいる。私は下を向きパートナーが病気だと伝えた。向井は想像もしなかった答えに、驚いて目を見開いている。悪性腫瘍で余命数ヶ月、最悪もっと短いかもしれないと話した。向井は何も語らず、黙って聞いてくれていた。自分に言い聞かせるように、本人の気持ちを尊重して、今はしたいようにしてほしいと思っている、矢嶋先生と話してから、その様にやっと納得できたと伝えた。車が自宅近くまで来ると、辛い時はいつでも話を聞くから、一人で思い悩まないようにと、言葉をかけてくれた。私は本当に気遣いに感謝した。

「あの……僕は心の医者だよ、もしかして忘れている?」

「あ、ははは、精神科医……そうでした。すっかり忘れていました」

意外にも、あっけらかんと笑えて、向井もほっとしたようだ。私は本当に気が楽になっていた。愛を受け入れ始めたからで、この魂の授業は、私にとって人生の基盤となるものだった。

足早に、秋が過ぎると、街中のイルミネーションはクリスマスカラーに、様変わりした。クリニックでも、控えめにクリスマスツリーの装飾をしようと準備をしていた。そしてそれをどこに配置するか、向井の指示を仰いだ。さりげなく入り口付近に置くことが決まり、また飾りはシンプルにとオーダーがあった。時々私は、彼と一緒にクリスマスを過ごせるのかと、不安になった。今では時間の許す限りそばにいようと、毎日会いに行っていたが、日増しに目に見えて悪化していることが気になっていた。

教会の下宿に出向き、部屋をノックしながら扉を開けると、照史は私の顔を見るなり笑顔になった。重そうに身体を起こし、私は背中をさすりながら顔を覗き込んだ。介護させているようだと謝罪した。

「そばにいてあなたの痛みを共有したいの。あのね、心に響く言葉が言える人になりたい。助けたいの」

「心に響くような?」

照史は優しいと言う。たとえ気の利いた言葉が言えないとしても、心で十分伝わっているから大丈夫だと言った。思いが大切で、自分を大切にできて他人を思いやる慈悲の心がまさしく愛。

照史は両手を広げ私を抱きしめた。温かい胸に抱かれ、愛が少しわかり始めた気がした。彼の瞳の奥に映る私と、私の瞳に映る彼とは同じ思いで、確かにそこに一緒にいると共有できる喜び。そして惜しみなく他者に与える。

もうすぐクリスマス、今年は一緒にお祝いできるから、嬉しいと話し、私も楽しみだった。そうやって、残された日々は、足早に過ぎ去っていき、照史からもらった、アドベントカレンダーも、最後を迎えた。照史の首に上質なカシミヤのマフラーをかけた。それがとてもよく似合って素敵だと思った。照史は終わりが来たら渡すつもりだったと、小さなエメラルドのついたリングを私の手のひらに置いた。これは、彼の祖母が亡くなった時に受け継いだもので、大切な形見だった。私に持っていてほしいと言い、預かることにした。

施設の教会堂には、クリスマスの装飾がされ、一段と厳かな空気感がある。今年はちょうど日曜日だし、私も礼拝に参加していいと言われていた。聖書の言葉を聞いて、神様に感謝を捧げる日。初めての経験だった。顔色もよく、痛みの少ない照史の姿を見るのも久しぶりで、病気のことなど忘れてしまいたい、ずっと二人でいれたらいいのにと、この期に及んでまだ少なからず思ってしまうのだった。それが素直な気持ちだった。

クリスマス、年末と過ごし、そして年を越し、正月も二人で迎える事が出来た。あれから共に、大仕事を乗り越えた。そんな状況で、最近は視力も低下し、歩くのも困難だった。その様な状態で、教会の施設に寝泊まりするのも、限界に来ていた。今日は、かかりつけ医の診察を受ける日だ。医師は、事細かに症状を尋ね、物が二重に見えたり、片目しか見えなかったりする事などを考慮して入院を勧めた。しかしその医院には入院設備が整っていないため、下宿してもらうという形で、話が進められた。医師はそれを歓迎しているようだ。その医師の娘が看護師だし、二十四時間体制で診られるからと、照史は申し訳なさそうにしているが、何より私も安心できた。照史のことは小さい頃から、診ているし、親みたいなものだから、遠慮はしないようにという言葉が嬉しくて、泣けた。周りの人達全員が、気にかけてくれることが幸せで、私には心細さなど微塵もなかった。ただし、状況を楽観的には見ておらず、いつなにが起こっても、不思議でないし、それぞれが覚悟を決める事で落ち着ついた。ある夜は、時間の許す限り寄り添い、視力がほとんどないのもわかっていた。

「あなたの瞳の奥に私が見える？」

「見えるよ。それがコミュニケーションだし愛だよ」

照史を愛していると心に思うと、愛は永遠に消えないからと心に返事が返ってくる。彼が眠りにつくと、その寝顔を見ながら額に触れた。「綺麗……」。暖かい室内で、介抱の疲れもあってか、私も眠ってしまった。気がつくとそこは病室でなく、ただ青空が広がる草原で、そよそよと柔らかい風が吹いていた。夢を見ているのか？　私は小さな丘を登り、天辺にあるベンチを見つけた。そこに腰をかけると、かすかに私を呼ぶ声がして、だんだんとそれが大きくなった。それは懐かしい母の声だった。

「お母さん泣いているの？」

「春、嬉しくてね」

私もお母さんに会えて嬉しいと母に抱きついた。私が愛を知ることができて嬉しいと。とても大切な事だし。愛は消えないからと。照史とのことだけでなく、全ての人と分かち合ってほしいと、共有する事で人々に幸せが伝染する。それだけ言うと頬をさすり、塵のように消えた。そして何かに引き戻されるように体の重みで目を開けた。頬には、暖かい照史の手が触れて、瞳には涙が溢れどこを定めるわけでもなく、私を見ている。

「見えないから、あぁ、君の可愛らしい表情も、怒った顔ももう見ることができない」

彼は泣いている。私が心で見えるから大丈夫と伝えても、瞳に映し出されないと思ったら、悲しいと言った。

「ごめんね。本当にこれだけは言わせて。ありがとう、僕を見つけてくれて」

それまであまり泣かなかった照史の涙を見て、相当辛かったのだと、改めて思った。私に何ができるのかと、無力感に苛まれる時は、彼の完璧さを思い出して、残された日々に感謝することを繰り返し、自分を支えてきた。

あれから数週間が過ぎ、一年で一番寒さが堪える季節を迎えた。照史は、それでも善戦していると思った。私はその辛さに屈しない様にと、彼に本を読んだり、日々のニュースを伝えたり、時々笑う、声にならない声を聞いては涙していた。しかしある時は、今までの我慢が、ついに怒りとなって現れた。心で泣いていいと言われた気がして、大音量で子供が泣く様に泣きじゃくった。そのくらい、気丈に振る舞っていたのだ。照史の目からも、一筋の涙がこぼれ、微かな声で「ありがとう」と囁いた。私は頭を撫でた。ほとんど食べ物を口にしていない、変わり果てた姿を見ると悲しくなるが、魂は確かに光り輝いてそこにある。それがわかるので感謝した。心の中でいつも一緒にいることができる。たとえ肉眼で見ることは叶わなくとも。肉体は幻想なのだと、理解するまで、一つひとつ丁寧に教えてくれた。身体が無くなった暁には本当の愛に、平和で争いのない世界に戻るのだ。聖霊となって未熟な私を導いてくれるだろう。

「春ちゃんお電話よ、葛木さんって方」

「もしもし春子です、はい……はい、わかりました」

堀田が私の顔面蒼白な顔を見て心配そうにしている。外出してもいいかと聞くと、タクシーをすぐに呼んでくれた。そして照史の元へと急いだ。「どうしよう。どうしよう」。覚悟はしていたのに、ぎゅっと胸元を掴まれて、締め上げられる思いだ。部屋へ急ぐと、点滴を受けながら、穏やかに眠っている照史の姿があり、涙が溢れてきた。

「どうですか彼は」

「意識がなくて。覚悟を決めてください」

そっと照史の頭を撫で、手のひらをぎゅっと握り、全てやりきった。いつものように祈るとしたら、愛に戻れることへの感謝だ。数々の思い出が目眩《めくるめ》く蘇り、とても濃密な時間だったと、また悲しみの先には喜びがあると感じた。また会えることを信じて。

どのくらい、時間が経過したのか、一晩中寄り添い、いつの間にか眠ってしまった。

私は、まどろんだ瞳で重たい瞼をうっすら開けた。おそらく丑三つ時で、そこは病室ではなく、あたり一面に純白の百合が咲き乱れていた。そのありようは、天国かと思われ、花の香りとまったき平和、まったき調和、相反する物など微塵も感じない。私の輪郭が溶けて混じりあっていくような感覚になっていた。そして完全に、そこに身を預けふわふわ漂っていると、照史が私の手を取り、二人で高く舞い上がった。

「会いたかった」

「僕も。大丈夫いつも一緒にいるよ」

まるで天使が舞うように、しばらく自由に抱き合った。そしてその時が来ると、照史にスルッと手を優しく離し「ありがとう」とだけ言い、青く澄んだ空に吸い込まれて、上へ上へ、上っていった。私のふわふわとした意識が、だんだん重くなり、ベッドの横に座る自分の身体を見つけ上から眺めた。そして身体の輪郭を思い出すと引き戻され、意識がはっきりとした。

「照史くん……」ゆっくりと目を開けた。

そこには寺田の姿があり、微笑んでいた。涙を流しながら何度も頷いている。

「神のお心をよく受け取ってくださいました。お礼を申し上げます」

「いいえ助けられたのは私です。そして感謝の気持ちでいっぱいです」

寺田からまた教会にも足を運んで下さいと言われた。その後、二人で照史の話を飽きることなく、夜が明けるまで、語り尽くした。照史が物質世界の苦しみからやっと解放され、永遠の愛に戻れることがすごく嬉しかった。愛を与え受け取り、そして伝えていく事、それが私に与えられた使命だと改めて認識し、それが人々の助けになれば幸いだと思う。

第二部

一　愛のかたち

照史が逝去して数ヶ月経った。今は魂のガイドとして私の前に現れ方向性を導いている。それは皮肉な事に、四六時中と言ってもいいほど密だった。心に問いかけると答えてくれる。私は周囲に心配をかけていることを知らずに、普段通り過ごしていた。きっと無理をしているから、元気なのだろうと思っているに違いない。

私が終業時刻で帰るところを、向井に話があると声をかけられた。これから祖母の面会にいくから、急いでいる事をアピールしたにもかかわらず、それなら車で送るからとキーを手に裏口から出ていってしまった。

伯母が実家に通い、祖母に付き添っていたが、症状が改善するまでの間、施設に入所することになった。それも向井が、良い施設をご紹介してくれたおかげで、祖母も快適に過ごしているらしい。

何より家族の負担が減り、それはとても感謝していると伝えると、向井は少しでも助けになっているなら、嬉しいと言った。私は助手席に座っていたが、後部座席にしっかりと居る照史が気になって仕方なかった。何食わぬ顔で車窓を眺めている。照史が亡くなって三ヶ月……向井から気持ちは楽になったか聞かれたが、以前よりも彼のことをもっと身近に感じていると伝えた。それは私の心に住んでいるねと言われ、彼のことは忘れないと答えた。

私の閉ざされた心は頑なで、無愛想な態度を申し訳なく思いながらも、どうしても心を開けない。無言を貫き通し、さほど時間も掛からぬうちに福祉施設に入った。

お礼を伝えると、向井は手を振ってそのまま去っていった。私に何を伝えようとしたのかわからないが、結局隙を与えなかった。決して嫌いなわけではない。むしろ尊敬している。向井は威圧的な態度を絶対に取らないし、逆に腰が低い。ただ私にとっては気軽には話せない相手だった。そう感じているのだから仕方ない。

次の日は連休前の最終診察日だった。今年は暦の関係で大型連休とはならなかったが、四日ほど休みが取れた。堀田はお節介なくらい世話好きで、明るい性格の人だから、私を気にしてくれる。連休中、家のバーベキューに誘ってくれたが、私は照史と旅行に行く計画を立てていたので丁重に断った。周囲が私に対して、腫れ物に触る様な場面でも、変に気を遣う事なく接してくれるから有難い存在だった。

その昼休み、私は静まり返った待合室で、いつもの様に参考書を読んでいる。そこへ向井が通りかかり私に声をかけた。それに少しストレスを感じ、何を話すべきか一瞬でその思考が脳裏を駆け巡る。そこで、遅刻をしたのが珍しいと、スタッフみんなでとても心配していたと、当たり障りのない話をすると、家族の事情で母親に会っていたと答えた。私はそうですか、としか返せなかった。そのまま本を読み続けるわけにもいかず、困り顔をしていたのだろう。

「あのさ、僕が恐い？」

「あ、いいえ……とんでもない、恐くないです。ただすごく緊張します。立派な先生だし、私なんかが」

慌てふためきそう答えると、向井は顔が緩み、君は自分を過小評価しすぎだと言った。臨床心理士を目指す目標を応援するし、それに君はとても素敵な女性だと言われた。私は下を向き、複雑な表情を隠せなかった。そんな警戒しないでほしい、また大切な人を失い、辛い時期なのを知っている。ただ君の為にできることはないか、と思っているだけだと。

先日の伝えたい事とは、私の体調を心配して、状況を知りたかったということのようだった。通常ならもっと憔悴しているはずなのに、私は普段と変わらないからだろう。まさか、亡くなったパートナーの姿が観えて会話もしているなどと話せるわけがない。向井は連休に少しでも気分転換できたら良いなと笑顔で話すと、自室に戻っていった。

そして母の残像を探す旅に出かけた。私の手にある一枚の写真は、以前、照史が祖母から渡されたもので、温泉旅館で撮られた集合写真だ。場所を特定するのは難しかったが、生前、暇さえあればそれに時間を使っていた。旅行先は最後の候補として残っていた町だ。写真には従業員と若い女将らしい人や、和風モダンで隠宅のような雰囲気の旅館が写っている。

揺れる電車の窓から海が望めた。窓を少し開け、塩っけのある空気を吸い込んだ。広大な海に、打ちのめされる感じだ。日本海側の強い風に、カモメが抵抗するように飛んでいる。魚を狙う猛禽も見ることができた。カモメも鳶も魚もこの世界で、生命を受け、それぞれの、その姿に不満を持たず謳歌している。人はなぜ、自分以外のものになりたがるのだろうか？　自然豊かな街だった。「こうして海を望むのは何年振りだろう」。父と磯遊びに出かけた記憶が懐かしい。数少ない大切な思い出だ。

ローカル線の終点で降りた。そこはタイムスリップしたかのような、木造駅舎で、時間を経過した姿に感動し、写真に収める。

私は、あちこちの旅館に聞いて回ったが、ほとんどの人が、知らないと答えた。正直、忙しいから、あまり取り合ってくれない印象だった。最後に、この町に昔からある古い民家で、先代まで、魚の卸業を営んでいた家を、紹介してもらった。色々と町の様子を知っているだろうと考えた。

「ごめんください」

声をかけ、引き戸をゆっくり開けた。薄暗く静かで、玄関の床は土間になっている。今は使われていない様に見える石油ストーブがポツンと置いてあり壁にちりとりと箒がかけてあって、それはおそらく現役だ。全体的に、明治か大正の古民家に見える。声をかけても反応がなく、そこでもう少し声を張った。はい、と女性の返事があり若い女性が奥から出てきた。用件は何かと聞かれ、私はある旅館を探していると、写真を見せた。女性は、普段は東京在住で、たまたま、実家に帰省して留守を預かっているだけと言った。その上で、まじまじと、写真を眺めているが、おそらく昔あった旅館ではないかと言った。ここからもっと、山の方に歩いていって、神社と分岐する脇の道を、一キロくらい行った先にあった、高級旅館ではないかと言う。私が、今は無いのかと聞いたが、おそらく数十年以上前に、廃業していると言った。

　自分もまだ子供だったし、あまり覚えていないしわからないと言われそれは当然だろうと思う。胸の鼓動が早くなった。廃業していれば、照史の知りたい事はわからない。無駄足にしたくないという思いもあった。駅前の商店街に、行ってみたらいいと、あそこは昔からの店も多いし、可能性はあると教えてくれた。私は丁寧にお礼を伝え、引き戸に手をかけた所を、呼び止められた。彼女は長老のお婆さんに、尋ねてみると、言ってくれた。どうやら、高齢なので、記憶は怪しいと言われたが、好意に甘えることにした。裏手の住居の曽祖母を呼ぶと、奥から、大きく腰の曲がった、老婆が出てきた。しばらく黙っていたが重い口を開き

「あの子はおせげな、えーにょばだっちゃ」

私は方言がさっぱりわからないので、先の女性が詳しく聞いてくれた。

その高級旅館の若女将は、大人びた美人だった。いい噂を聞かず、先代を知っている地元の人間は、誰もその旅館で働きたくないという程評判が悪かった。それは若女将に対する大女将の虐めが酷いのと、その傲慢な態度からだ。お客には悪くなくそれだけの理由ではないだろうが、とうとう廃業してしまった。今は取り壊され、跡形もないと言う。それ以上の事はわからなかった。私はお礼を伝えると、民家を後にした。照史と匂配のあるメイン道路を下りながら、温泉町の独特な匂いを感じ

ていた。私は商店街に行くのか問うた。照史がずっと黙っているから、少し心配になってきた。すると、商店街には行かない、宿泊先の旅館に向かおうと言った。お婆さんの記憶は確かで、狭い港町だ。当時の噂は、町民皆知っていただろう。彼はお婆さんの心を読んでいたと話し、それを共有するために映像を見せてくれた。

二十四年前、

「何が気に入らない！」

若旦那は激昂して答えろ！と怒りに肩を震わせながら、若女将の頬を平手打ちした。その勢いで細い身体は飛ばされた。何不自由ない生活を与えてやったのに、この仕打ちはなんだ！と怒鳴っている。そして若女将はただ泣きじゃくるばかりだった。お前の顔など見たくない、今すぐに出ていけ！と強引に手を引き、館の裏口の方へ引き摺っていく。若女将はやめてくださいと、絞り出すようにか細い声を震わせた。あ、あなたの子が、と着物の上から腹をさすっている。若旦那は射るような視線を投げ、崩れ落ちた彼女の上にしゃがみ込み、前髪を掴んで引き上げた。馬鹿にするなと、何も知らないとでも思ったか！と再び声を張り上げた。泣きながら首を横に振ったが、手首を強く握りしめ、長い廊下を進み裏口まで来ると、強く肩を持ち上げ外に放った。そして今度は若旦那も泣きながら二度と顔を見せるな！　と言い放ち裏口をピシャリと閉めた。それは初雪の降りそうな、とても寒い日だった。

私が心の目で見た映像は鮮明で、その戦慄を語れず良い言葉が見つからなかった。その若女将こそ照史の母親で、何か事情があり旅館を追い出された様だった。慰める言葉をかけた方がいいのか、何も語らない方がいいのか、わからない。私の思いが、グルグルと定まらず困惑しているのを知ってか、照史が明るく話した。

「僕は平気さ。二人を心から排除することなく、罪のなさを見たい」

「罪のなさ？」

また、傷つかないとも言った。心は傷つかない、言い換えると何者も他者の心を傷つけることはできない。それは自分の思いが外側の世界に映し出されるからで、自分の心にないことは、外側に表現されない。それだけシンプルだと話していた。照史の言う罪のなさ、私が過去の自分の思いに、向き合ってこなかった事を意味している。思い出すのが辛く、恐ろしくて蓋をしてきた。それを解放してあげないと、いつまで経っても成長しない。罪のなさの意味がその時に理解できるだろう。

宿泊先の旅館で、私は一人静かに、様々な思いを受け流し続けた。すると脳裏に、電車の通路をただ走っている私がいて、車窓の景色が、タイムスリップしているかのように流れた。次第に幼少の自分が見え始め、そちらに意識を向けると振り返り、私の方をじっと見つめている。「小さい頃はあんな感じだったのだろうか？」あまり思い出せなかった。扉の上にある公衆電話がずっと鳴り続け、子供の私は耳を塞いでいた。未だ癒やされていない心がある。鳴り続ける受話器を取ってそれを止めなければ、と思っていた。子供時代の出来事は、見ないようにしてきた。それは主に両親の死だが、悲しみが溢れそうで怖かった。子供の私は可哀相に、深い悲しみに鍵をかけ、外に出ないように必死に守っているようだった。

予定を変更して、急遽東京へ戻ると教会へ赴いた。今は照史の姿は観えない。一人で心を見つめ直す時には遠くから見守っていてくれる。祈りで両親に繋がることができる。そして大切に思う人たちに感謝を伝えたい。望みさえすればいつでも心で過去と繋がる。小さい私にも、恐れなくていいと伝えてあげたいと思った。

息を整えお堂の中程に進み、長椅子に腰をかけた。そこに漂う軽やかな空間に身を委ね、ただひたすら祈った。両親の思いを知って悲しみを受け止めなければ救われない。あなたたちは確かに死ななかった。私の心の中に生きて、そして私の心を貴方たちの場所として、幸せに生きていられる。

しばらく静かに祈っていると、寺田が私の姿を見つけ声をかけた。会釈をして立ち上がると、どうぞ、そのままでと長椅子に手のひらを向けた。そして一冊の聖書を手渡した。指を表面に滑らせると、照史の物だとすぐに気がついた。彼が子供の頃に寺田が貸した物だそうで、熟読していたと教えてくれた。聖書を胸に抱き、照史が小さい頃、たった一人で、ここにやってきた時、沢山の人に救われて、癒されていった光景に思いを馳せた。貴方は、聡明な方です。もうご自身の、なすべき事はお分かりのはず。導かれるまま、おやりになればいいと、彼も、それを望んでいると言って微笑んだ。

もう少し座っていたいと思った。静かに心を落ち着かせる大切さを感じながら。

わかってきた気がする。私を助けようと気にかけてくれる人がいる。私も心を閉ざさないで、沢山の人達と、愛を共有しなければ。怖がる必要なんてない。何も悪いことなんて起きないのだから。

二　幻想の先

自宅に戻り、私は仏壇の方に目をやった。照史が何やら仏壇に手を合わせていたからだ。伯母がお茶を淹れてくれた。いつも何も聞かないで受け入れてくれる。連休もあっという間で、明日はどうするのか聞かれた。向井に誘われて、午後から出かけると答えると、伯母は不思議そうな顔をしたが、出かける気になったのなら、いい事だと、安心しているようだった。私は心配かけている事を謝り、照史は一生忘れない大切な人だと伝えた。伯母は自身も身体が裂けるような、辛い思いをして、それでもやっと受け入れて立ち直った。伯父の一周忌を終え、なにか一つホッとしているようだ。伯母はすごく立派だと思う。なぜなら、私のように姿が観えているわけではないから。

翌日は五月晴れで、外出するには良い日だった。向井が迎えに来て車に乗り込んだ。ドライブは久々ですごく新鮮だ。また白衣姿かスーツスタイルしか知らなかったから、綺麗なカジュアルでラフな印象に少し驚いた。

「今日は付き合ってくれてありがとう。本当言うと断られると思っていたよ」

「私は無愛想でしたから。でも彼の一押しもあってお受けしました」

向井の不思議そうな顔に、ああ、あのなんというか、夢の中で彼に言われましたと、誤魔化した。

運転をしている横顔を眺め、死んだ人間の姿を見ていて、会話もしているなどと話したところで、現実世界に生きている人には通用しないだろう。急に誘ったのは会いたかったからだ、と言われた。予期していないストレートな物言いに、一瞬緊張が走った。まだ恋愛はおろか、新たに何かを受け入れる準備ができていない。ただ断ってしまえば、それまでだし、前を向くことが、照史の願いということもわかっていたから、誘いを受けた。そう正直に伝えると、安心したような表情をした。私もいつもよりかは楽に話せている。車はすでに横浜を過ぎ、県道二〇四号で鎌倉方面へ向かっていた。照史はどんな人間だったのか聞かれ、照史の生涯や、病気を受け入れ、最後まで自分らしさを突き通した事、性格はとても心優しく、誰に対しても平等だったことを話した。また、私は彼に頼ってばかりだったからもっと大人になりたいこと、選択した事を、人や環境のせいするのは、自分で責任取ってないということも話した。向井は、それを聞くと恥ずかしいと言い、自分も随分と親のせいにしてきたと、内観している様だ。家族がバラバラだと言った。そういえば、ほとんど家族の話をしないから、噂好きの堀田でさえ、知らない様だった。家族が、バラバラとは穏やかではないと思う。私は、仲の良い伯父夫婦に育てられて幸せだった。医師でクリニックを経営し、順風満帆だと、思っていたのは間違いだったのだろうか。

二時間ほどのドライブで、鎌倉と葉山の中間あたりに着いた。私は行き先を聞いていなかった。どうやらカフェに行くらしい。狭い駐車場に車を止めた。店は高台に位置している様で、停めた先に看板があり、その坂を登ったところにある。昔ながらの造りの街で、家と家の間に狭い階段があった。初見にはとてもわかりづらい場所だ。少し息を切らせながら、登り切ると景色がよく見えた。海が見渡せる絶景で、マリーナが望める。よく晴れていれば、江ノ島も見えるそうだ。海と山の香りを同時に味わえる。「なんて素敵なところだろう」。昭和な雰囲気とは裏腹に、垢抜けていてセンスが良く、木々の温もりを感じる。年配のオーナーが出迎えてくれ、向井は常連のように見えた。海を一望できる、半個室の二人掛けに案内された。この夕焼けが、一番の売りで一緒に見たかったと言われた。空も海もオレンジ色に染まる色合いは、なんとも美しく絵画の様なのだろう。向井によく来るのか聞くと、たまに落ち込んだ時と答えた。私は、信じられないものを見た時のように驚きを持って引き攣った顔をしていた。

「ははは冗談だよ。どれだけ乙女なの?」

まだ落ち込んでいるだろうと思って誘ってくれたのだ。優しい人だとは知っていたが、まさかの繊細さに驚いた。こんなに、洗練された隠れ家カフェを知っているとは……その姿形からは想像できない。それにオーナーの優しい笑みが居心地良さそうだ。決まったメニューはなく、その時々でおすすめのスウィーツがある。今日は名物のレモンパイがあった。私たちはマフィンやスコーン、そしてスペシャルコーヒーも注文した。元気は出てきたか聞かれ、私はすごく楽になってきたと、明るく答えると、

「君は強いな。こんな僕にも経験があるからわかる。ゆっくりでいい。辛さで胸が張り裂けそうな時、その思いを僕にぶつけてほしい。必ず受け止めるから」

その言葉は私の心にじんわりと響いて、向井をぼんやり見つめた。そこに下心など感じなかった。ただ、ただ博愛的なのだ。

ちょうど良いタイミングでオーナーが先にアンティークカフェオレボウルでコーヒーを出してくれた。中深煎りの酸味と苦味のバランスがよく、抽出の仕方が上手なのだ。自分ではこんなに上手に淹れられない。感心していると、向井が少し聞いてほしいことがあると言った。家の問題で、恥ずかしい話だが、父親に隠し子がい

たと打ち明けた。私は突拍子もない告白に、驚きはしたものの、デリケートな話なので、信用してくれたと感じ、真摯に耳を傾けようと思った。向井はそんな話、今更聞きたくなかったと言い、私は相槌を打ち、そうだろうと心情を慮った。そして父親は火消しに躍起になっていると、その姿が情けなく思うと、落胆していた。私は金銭を要求されているのかと思ったが、それではあまりにも短絡的だ。向井は、金銭よりスキャンダルが親父には都合の悪いことだと言う。大学病院での立場が悪くなるらしい。

青白磁の皿に洋のスウィーツが盛られ、オーナーのセンスが窺えた。話から、どんな父親なのか容易に推察でき、男性優位主義で全てをコントロールしたいのだろう。向井は反対を押し切って、心理系に進んだらしいが、一切の援助はなく、アルバイトを掛け持ちして、なんとか勉学に励んだ。私はかなり誤解をしていた。医者のボンボンでお金の苦労などしたことないのだと。

外は夕焼け一歩手前で、空は不思議な色合いをしていた。

「先生もスッキリしたかったのですね」

「あ、ああまいった、すごくカッコ悪いところを見せたね」

頭を抱え、ばつが悪そうにしていた。だが良い話もあり、二番目の兄の結婚話などをした。その兄は医療関係とは全く別の仕事をしているそうだ。親が決めたレールに乗ることの不安定さ、当時縁故で就職したが性に合わないことで、かなりストレスを感じていた。自己肯定感が低く、その状態では努力しても結果が出ない事やしかもそれを親のせいにしていた事。ただ新天地で、自分がすでに持っている力を伸ばせばいいだけ、という大切な気づきに、救われたことなどを、聞いた。

また人は自分にないものを、追い求めてしまう生き物だとも言った。だから憧れとか、夢とか作りたがるのかもしれないと。そう思うこと自体自由だが、その代わりどんどん自分の評価を下げている。自分は美しくない、素晴らしい知能を持っていないと、他と比べて自分を責めている。確かに、競争社会の現代はそれに苦しめられている人が多いと思う。

私も抱えていることがあると告げた。向井は聞きたそうにして嬉しそうな顔をしている。そこで霊感があることを話してみた。母の実家がお寺で小学生のころに光の玉と遊んだのが始まりだった。それからちょくちょく不思議な体験をするようになった。

「冗談ではないね。もしかして彼も?」

私が悩んでいると現れると言うと、

向井は手を合わせ神妙な面持ちで、話を聞いていた。するとわかったように、それは心の投影だと話した。恋人の面影が強く忘れられないから、それがあるように見えているのだと。私は今にも泣きそうな顔をしていたに違いない。多くの人には理解できないことだし、もちろん照史の様な反応はしてもらえないとわかっていた。当然だと思う。肉眼で確認できないのだから疑わしいと思ってしまうだろう。向井は慌てて謝った。傷つけるつもりはなかった、立ち直ってほしいから、つい強い言葉が出てしまったと。私は霊魂の話とか聞いて育ったから、それを不思議に思わなかったと伝えた。

空も海もオレンジ色に染まり、大きく見える太陽が、海の向こうに沈もうとしている瞬間だった。「すごい……」その色合いや情景に心が囚われた。しかし、その外側の奥に真実があり瞳に映し出されるものは幻想なのだ。誰一人同じ夕焼けを見ているわけではない。「この世に特別なものなんてない……。目に見えるものは全て儚く消えていく」

私の心が温かく踊るように喜んでいるのがわかった。特別に執着する事柄やその様な思いが消えた。

あたりはすっかり陽も沈み、紅掛空色になった。日暮れが閉店時間だ。随分と長居をした事をオーナーに謝罪し、店を後にした。お互いにとって束の間の癒しで、それからは今までの蟠り《わだかま》が和解したように距離が縮まった。夜間のドライブで帰路につき、私は車内の暖かさと、心地よい振動でうとうとしていた。眠っていいからという向井の声を遠くに聞きながら、静かに眠りに落ちていった。

三　恐ろしい事実

そして私は鮮明な夢を見た。真冬の夕方、乗用車が関越自動車道を何かに追われるように走っている。その様子を見ていた母が、そろそろ休憩したらと声をかけた。冬の北陸の道路の走行は厳しく、父はため息をついた。

「そうだね、次のサービスエリアに入ろう。春が寂しがるから早く帰ってあげたくて、無理をしていたみたいだ」

「あの子は何があっても大丈夫よ」

父が、君がそう言うなら安心だと頷いて、新潟県のサービスエリアに入った。駐車場は混雑していて、停めるのに時間がかかった。何か暖かい飲み物でも飲むことにして、フードコートに入ると、人が多く混み合っている。仕方なく飲み物を買って、車に戻ることになった。運転手が一番疲れるが、少し歩けば体も楽になる、ということで父が提案した。自販機の列に並んだが、そこも行列になっている。母は時間を有効に使おうと、お手洗いとお土産を買うために、列を離れた。フードコートの反対側はお土産屋や化粧室につながっている。母は何かに追われて逃げるように、人混みを通り抜けた。しばらくして、父がコーヒーを手に歩いていると、何やら小競り合いが生じていた。中年男性が怒鳴り散らし、仁王立ちで、ブレーキが効かない様子だ。相手は若い母親で、三歳くらいの男児を連れている。

「うるさい！　ここは遊ぶところじゃない。しつけがなってないぞ！」

大声で怒っている。本当にすみませんと若い母親は、必死に何度も謝っているが、

「食事がまずくなる！　どうしてくれる！」と続けた。父は罵られる親子を見ていて、耐えられなくなり一声かけた。

「もうやめたらどうですか、ちゃんと謝っているし子供が怯えていますよ」

えらく冷静に冷たい目をして言った。中年男は父を睨みつけ、落ち着きがなく、ギラギラしている。火に油を注いだのか、ますます声を荒げたが、父はそれに怯む事なく、「あなたも大声で十分騒がしいですよ」と畳み掛けた。

男は注意されたことで逆上し、今にも襲いかかってくる様に見えた。周りの大人達からも、そうだ、そうだ、と父に同調する声が聞こえ始めたので、居心地が悪くなったのか、畜生と捨て台詞を吐き、「覚えていろよ、後悔させてやる」と言い放って去っていった。ちょうどそこへ、母がお土産の袋を下げ戻ってきた。ただならぬ雰囲気に驚き不安を覚えた。それをよそに、父は何事もなかったように振舞ってお土産の話をした。お土産は酒粕を使ったカステラと、米をかたどったキーホルダーで私へのものだ。

「ははは、可愛いやつ」

「春に会いたいわ、早く帰りましょう」

外は雲行きが怪しく、より風も強くなって吹雪きそうであった。そこで夢は終わった。向井が春ちゃん、と名を呼び、肩を揺らした。「ん？　え……」寝ぼけ眼で車窓から外を見ると、街灯のネオンが連なって、蝋燭のように見えた。私はぐっすり眠ってしまったようで、現在の居場所がわからなかった。自宅近くのコンビニだと聞き、本当に眠ってしまったことを申し訳なく思った。お腹も空いていたし、食事に行くことに決めた。コンビニに入り手洗いを借り、鏡に映る顔をまじまじ見た。両親の顔が重なり、一緒にいるように見えて、今見た夢がきっと事故の詳細だろうと確信した。車へ戻ると江戸前寿司屋の予約できたと向井が言い、私は子供みたいに寝てしまったのが恥ずかしく俯いた。向井から見たらまるで子供のようで、父親になった気分さえしたかもしれない。

お寿司屋は佇まいも、昭和レトロな雰囲気が漂う感じで、暖簾をくぐると、いらっしゃい！　と店主の威勢が良い声が響いた。久しぶりの訪問に大将は嬉しそうで、無沙汰もすぐに許してもらえた。

私は会釈しながら挨拶を交わした。カウンターがメインで、明朗会計が売りの店内では、壁に貼られた品目がすぐに目に飛び込んでくる、私は圧倒されていた。おまかせ握りがお勧めということで、それを注文すると、はいよ！　と、威勢の良い返事が返ってくる。丁寧な包丁さばきの職人の江戸前仕事に見入った。仕事を施した寿司が、あっという間にげたに置かれ「美味しい」とゆっくり味わい幸せを感じた。向井に、さっきはうなされていたと言われ、妙にリアルで両親が事故を起こす前の夢だと思うと伝えた。向井は驚いていたが、高速道路でのスリップ事故だったと話した。そして食事中に話す事ではないと思い私は下を向き、手にぎゅっと力を入れ、唇を噛み締めた。初めて事故の詳細を映像のように観たのだ。とても動揺していた。すると向井が一人で考え込んだら駄目だよ、とそっと前髪を撫でて、優しく諭すように言った。私はそれで何かを思い出した様に、顔を上げた。「そう父だ、今ここに父が……」。幼い頃、悲しい時や困った時、全く同じように、慰められた記憶が蘇った。嬉しさと悲しさ、両方がどっと溢れ、涙でいっぱいになると、向井は、大将のお寿司は美味しいね、とハンカチを差し出してくれ、愛おしそうに見つめた。

カウンター奥に、小さめのテレビが置いてあり、そこではBGMの様にニュースが流れている。しかし、私達は寿司に夢中だった。今日正午ごろ、小田原市城山の住宅街で、住所不定無職の五十五歳の男が、強盗殺人の罪で、逮捕されました。また余罪があるとして、神奈川県警が捜査しています。テレビから女性アナウンサーの声が淡々と聞こえる。最近多いなと、大将が口を開き、みんな余裕がないからなと続けた。景気も悪いですからと向井が答え私も頷いた。「大将！　熱燗一本追加ね」お客が奥の座敷席から声をかけ、大将が厨房の奥に消えた。向井は私に気をつけるようにと促し、まるで父親の様だ。また、クリニックの防犯システムを見直そうかなと、独り言のように、ぶつぶつ言っている。楽しかったとお礼を伝えると、彼は半ば強引に誘ったから、無理してないか心配したけど、それなら良かったと、随分と嬉しそうであった。親子のようで、あまり色気は感じないのだが、向井の中身を知ると、気遣いをしてくれる優しい人であることがわかった。医師として尊敬はしていたものの、きっと面白みのない、堅物であろうと、憶測で判断していたのを反省した。よそよそしさも、少しずつ和らいで、これから二人にとって、新たなる道になろうとしていた。

家では照史の姿が観えた。私は抱きしめられ、心から楽しめたのなら、その事が一番嬉しいと喜んだ。なにも謝る事なんてない、それが物理世界を生きるという事だと彼は言った。私の求めているものは、雲を掴むようなことなのだ。

次の日、日常が戻って堀田が笑顔で出勤してきた。コーヒーを淹れていい香りがすると、持ってきたマフィンを差し出してくれた。朝から幸せ気分で、マフィンが美味しい。堀田が素直に喜んでくれるから嬉しいし、表情が明るくなったと喜んでいる。みんな私の事が好きだと肩を撫でた。自分に優しくなれば、周りも優しくしてくれる。それは疑いようのない事実だ。それから、診察は順調に進んで、昼を迎える頃女性がクリニックに入ってきた。すらっと線が細く綺麗な女だが、少しやつれているようにも見える。挨拶を交わすと、予約表を見て名前を探した。けれど見つからない。診察ではないと、こちらの院長先生とお話がしたいと言う。私の手が止まりなんとなく、嫌な気分がした。その女は雨宮と上の名前だけしか言わなかったので、私は要件を聞こうとした。しかし、個人的なことだからと答えず、向井に伝えてほしいとお願いされた。私は吐き気がして、診察中だからと断った。それでも、女は待つと言い、引き下がらなかった。堀田は近くで見ていて色々聞いてくる。それも面倒に感じた。自然とキーボードを打つ指に力が入り女性を見る気持ちにもなれない。その細身で派手な感じが、私をピリピリさせているのだ。胸のあたりでクロスした、光沢のあるグリーンのワンピースを着ており、やたら大ぶりのネックレスが目に入る。カルテを手に持ち診察室へ行き、先生と一言呟いた。向井は慣れないパソコンを、ぎこちなく操作しながら返事をし、もたもたしている。私はそれをじっと見た。そして打ち終わり顔を上げるや否や、

「わぁっ、あ、な、何？　おっかない顔をして」

「先生にお会いしたいと女性がお見えですが」

仏頂面で冷たく言った。向井は一瞬、間を置いて、何かを思い出したように、診察が終わるまで待ってもらってと話した。私は「待つのか」。と思いながら、そのように致します、と返した。向井は怒っているねと困惑気味だ。それであからさまに笑顔を見せた。最後の患者を見送った後に、カーテンを閉めた。そうこうしているうちに診察室から向井が出てきて、私の肩をぽんぽんと撫で微笑んだ。

向井は、お待たせをして申し訳ありませんと、女性に声をかけた。私は残った事務処理をしながら、聞き耳を立てている。二人が気になって仕方ないのだ。だからと言って会話が聞こえる訳ではない。

「私の出立ちが派手だから警戒しているのね。受付の子よ、なんだか怪訝そう。

元々芸妓をしていたからその頃の雰囲気が抜けないの」

「そんな話をされに来たのではないでしょう」

向井はすぐに牽制した。面会はしばらく続き、私は悶々とした時を過ごした。時々視線を向けると、女性も、向井も深刻そうな表情を浮かべている。穏やかな話ではなさそうだ。向井が誰と付き合おうが、気にするのは私らしくない。何度も思い直しては、心を乱されている。その後、四半時《しはんとき》くらいで、女性は何度も頭を下げ帰った。向井は直ぐに私を見ると微笑んで、父の相手女性だったと、話した事を全て教えてくれた。私は、以前聞いた隠し子の事を思い出した。事情があったとはいえ、今更過去の出来事を、掘り返したことへの謝罪だった。私は掘り返した理由を尋ねたが、息子が重い病気になって、良い医者を探していたからだと。向井はそんな女性を責めることはできないと話した。

私は、あまりの情報の多さにすぐ理解が及ばなかったが、彼女の名前が雨宮真琴だとわかった時、苗字は違うが名前は一緒、照史の母だと直感で悟った。照史と訪れた温泉旅館、美人な若女将、そして追い出された事、だんだん点と線がつながっていく。向井の父と照史の母、私は頭の中で妄想が膨らみ滅入ってきた。クリニックに入ってきた時、顔をあまり見なかったから、気がつかなかった。私は、照史の母に失礼な態度を取った。それは、どこか大人なお店の女の人だと勘違いしたから。自分の小心な態度が嫌になる。向井も医者としての立場や、血の繋がりのある兄弟の事もあり、頭を抱えショックを受けている、それも当然だろう。真琴の年齢を考えれば、まだ二十代前半の弟だ、容易に想像できる、若者が命を終えるとは、それだけで驚愕する。そんな状況で、弟の正体が照史だなんて、今は口が裂けても言えない。照史の生い立ちから生涯、最後の時まで話していたし、育った環境が違いすぎる上、もっと傷つける。私と向井にはただただ哀しい出来事であった。

梅雨の訪れを知らせるような湿った風が吹いて、私は肩まで伸びた髪を耳にかけ、空を見上げた。そこへトゥルルと身に覚えのない番号からの着信があった。電話の声は小田原警察署刑事課の牛留と名乗った。越前春子さんの携帯で間違いないか、と聞かれ、六月十日午前十時に小田原署まで、出向いてほしいと言われた。こちらから質問する間も無く、早々に切られてしまい「何事だろう」。それからというもの、漠然とした不安がつきまとった。できるだけ、心を乱さないようにと意識しながらも、頭の片隅にはそれがあった。伯母にも、小田原署から電話があったことを伝えたが、何らかの参考程度に、話を聞きたいだけであろうと、あまり取り合ってくれない。その態度は伯母らしくない。違和感を覚えたし、直感で何か事情を知っているると気づいていた。悶々としてやり場の無い思いを抱え、時間だけが過ぎた。ベッドの上に寝転がって天井を見上げ木目のかたちを、ただ漠然と見つめていると、いい香りがしてくる。こんな時は照史が現れるのだ。私が心の中に語りかければ、答えてくれる。案の定、君は全てわかっていると彼が告げた。ただ伯母さんは言えなくて苦しんでいる、だから問い詰めてはいけないと話した。君の真実と伯母さんの真実は違う、事実は一つであっても。だからこそ、冷静になってほしいと言って背中を優しくさすってくれた。そして私は胸の内を吐露した。すごく不安で、何も知らないのは私だけ。いつも蚊帳の外だと。そんな時は深く思考しないで、ひとまず問題に見えることを脇に置いて、神に委ねてごらんと彼は言った。そして、自分の考えなんて無意味だったと思い出す。委ねて祈ればいい。そうすれば、エゴの戯言に付き合わなくて済むし、警察署に出向いて、事情を聞くだけという事実だけ受け止められる。自分を落ち着かせ、心を中庸に戻すのに祈りは役に立つ。祈りと共に現実を書き換えようと思い直した。

十日を迎え、JRの一番線ホームに立つ。伯母には何も聞かなかった。小田原まで一時間半ほど、とてつもなく長い時間のような気がしていた。警察署では、制服を着た女性職員が、乾いた表情を変えず広い会議室に案内してくれた。殺風景な部屋で、犯罪被害防止のため啓発ポスターが貼ってあった。しばらくして、その女性と年配の刑事がやってきた。越前春子さん、すみませんお待たせしました、私、捜査第一課の牛留と言います。隣は松本です、と刑事が挨拶し、そして慌ただしく話を始めた。土屋誠司という男をご存知かと聞かれ、その名前はニュースで見たと返した。単刀直入に言うと、容疑者の新しい供述の中から、ご両親を殺めたという事実が発覚しました、と言う。いきなり爆弾を落とされ「え?」、私は耳を疑い何が何だかわからず混乱した。そう供述が取れたのは、直近の事件で逮捕したが、今になって過去の事件をペラペラ話したからだという。当時私は十歳で、何も覚えていないと言った。刑事は、当時の資料からすると、吹雪中の運転で、視界が悪く、高速道路上でのスリップ事故を起こした、となっていると、報告書を指でなぞりながら話した。新しい供述では、車が横転した所に、容疑者が近づき、持っていたライターで火をつけ、漏れ出していたガソリンにすぐ引火したと。私の肩はガタガタと小刻みに震えて、話もすでに全く入ってこず、気が遠くなり倒れそうだった。その様子を見た刑事から大丈夫かと声をかけられたが、大丈夫なわけがない。震える身体を落ち着かせたいと、下を向いて両手をぎゅっと握り、涙を堪えるのに必死だ。そこへドアがノックされ、向井が入ってきた。その姿を見ると、途端に気が抜けて崩れ落ちそうになり、それを向井は受け止めた。大きな腕にしがみつき、ヨロヨロと床に座り込んだ。伯母から心配だから迎えに行ってほしいと連絡をもらい、事情も聞いたと話した。我慢の糸がぷっつり切れ、私は嗚咽してしまった。混乱して、事態を把握できないが、とにかく胸が苦しくて息が詰まる感じだった。それでも少し呼吸が整い出して、落ち着きを取り戻した。刑事は続けてもよいか聞き、そのまま喋り続けた。

私はずっと下を向いたままで、向井が対応してくれた。時折肩をさすってくれ、一人でない事に心強さを感じた。今回私を呼んだのは自白したので検察に送るが、再逮捕でおそらく起訴されることを伝えたかったからだ。また連絡する、今日の所はここら辺でと、早口で述べた。さっぱりとした対応でも仕方ない。私は抱きかかえられて、警察署を後にした。

四　真実の行方

新幹線の中で私は終始無言だった、伯母が心配しているであろうと、向井が電話で伝えてくれ、そして座席に戻ってきた。それでも横浜あたりを過ぎた頃、私はボソボソと語り始め、母親の職業を明かした。母は観る人だった。向井は訳がわからず、質問を返した。母には産まれつき不思議な能力があって、色々な人の悩みを解決したり、主に身体の痛みを取ったりする人だった。依頼があると、全国どこにでも、父と出かけていった。向井に占い師かと聞かれ、占いではないと答えた。

窓ガラスに額をつけ、流れる車窓の景色を見ながら続けた。評判が広まってあるときテレビの出演依頼が来た。初めは断ったが、父は受けようと言った。行方不明者を捜索する番組だったが、その後、益々忙しくなって、ほとんど家にいなかったので、伯母の家に預けられていた。それでもある日を境に、あまり仕事を受けなくなった。私は二人が話していたのを聞いた。テレビの仕事を受けなければよかったと。その頃、何かが、あったのかもしれない。向井が家に帰ったら聞いてみようと言ってくれた。また、伯母がとても後悔していたことも聞いた。私に話していない事を罪に感じていたのだ。

家に帰ると、伯母は私に駆け寄り抱きしめた。泣き尽くし顔は真っ赤だった。向井は私を送れたことに安堵し立ち去るところを呼び止められた。彼は仏壇に手を合わせてくれそこには穏やかな顔をした伯父の遺影がある。君はあまりにも、沢山のものを背負っている、君の幸せを、一層願いたいと言ってくれた。

伯母は重い口を開き、当時は警察から事故だと聞いていた事。ただ……忘れもしない名前を聞いて、気が動転したと。父はハンドルの操作ミスで横転したが、救急車を呼んでくれたら助かったかもしれないのにと思った。伯母は火をつけたなど残酷すぎると息巻いて、どうして殺す必要があったのかと言った。しかし私は意外にも冷静で、自分でも驚くくらいだった。それはなんとなく、根拠はないが、真実ではない気がしているからだ。

祈りを覚えてから、不安や悲しみに悩むことが減った。物事を俯瞰でき、ある意味他人事の様に静観できる。おそらく一人ぼっちでないと思えているからだ。

伯母が、母は土屋に嫌がらせを受けていたのだと明かした。最初はファンレターで、それから自宅も調べられ、見張られている様だった。それでは外出もままならないだろう。当時は何回も引っ越しをしていた。小学校に上がった後は移動できないから、東京に留まっていたらしいが。

私は土屋が嫌がらせをしていたのかと、もう一度確認した。伯母は、私の父が、そう言っていたと話した。そして何より、私のことを一番心配していたと。伯母は悲しんでいるというより、怒りの方が強いように見えた。向井が私に変わって冷静に問うた。警察に被害届を出したのか？　伯母は証拠がないと動いてくれないからと、よく知らないのか言葉を濁した。私は大人の事情を何も聞かされずに大人になった。そして両親を一遍に亡くした痛みを今でも心の奥底に閉じ込め堅固に守っている。その心の扉を、たった今この場で、強引にこじ開けられるのは拒否したい。

伯母は何度も謝っている。私は言えない気持ちも理解できるから大丈夫だと伝えた。伯母は怒りが収まらず、当時の事を思い出すと悔しく、母は被害者だと言った。とても人の為に尽くしていたのに、善人がバカを見ると。私は目を瞑り、心の中で、怒りと悲しみだけには支配されたくないと思った。「照史くん助けて！　罪のなさを見たい、光を見たい。本心は誰も責めたくない」。心の中で何回も呟き祈った。すると、照史は心の中で抱きしめ、「よく罪のなさを思い出してくれたね。それが救われる近道だよ」と、何度も繰り返し諭した。しかし伯母は涙を流し続け、顔が真っ赤だ。土屋が許せない。まだ小さい春ちゃんを一人にした！　とまぁいきり立ち、抑えが効かなくなっている。

「私の為に恨み続けるなんて、そんな人生……望まないし、やめて」

思わず強い言葉が出てしまった。向井がすかさず肩をさすり、落ち着くようなだめた。大丈夫だと、必死になだめてくれている。伯母は、

「恨むわよ。何も悪くない、良い人を傷つける。残された遺族は堪らない」

益々怒りが湧き上がって息巻いている。私が火に油を注いだ様だ。伯母はずっと涙を流していて、この怒りと悲しみは永遠に続く、悪夢だと言う。

そう感じるのは間違いでない。私が幼い時の情景が次々と蘇ったのだ。それもそのはず、あの時伯母夫婦は小さい私を引き取り、途方に暮れていたのである。伯母夫婦の人生をも変えてしまった。しかし私は、常識に疑問を持つことや恨みばかりが道ではないとそう思いたい。もう大丈夫だから無理はしていない。本当に大丈夫と、説得するように伯母に何度も伝えた。しばらくして、伯母は少し落ち着きを取り戻したのか泣き止んだ。怒りを抑えないで、そのまま出しきれば止まる。そして、「春ちゃんは、まだまだ子供だと思いたかったけど、もう大人よね」と抱きしめ、いつもの様に頭を撫でてくれた。子供扱いされるが、伯母が私を実娘の様に愛して

くれているのは確かな事。

向井を見送り、外の空気を吸い込んで、分厚い雲をただ見つめた。私が本質に辿り着いたと、照史が微笑んでいる。ただ自分を被害者にしたくない。被害者にした瞬間に可愛そうな子になってしまう、被害者、加害者と区別しているといつまで経っても苦しみから救われないから。

照史と教会に出かけた。彼が迷った時にいつもしていたように、心の概念をちゃんと見て方向を正さねば。長椅子に座り、深呼吸を繰り返して心に目を向けた。「私は怖がっている、愛さえも怖がっている。でもどうして?」。心の中にはいつも微風と青空があって、大きな木が立っていた。心の宇宙には相反する物が無い。「本当の姿……私は魂だ。愛と平和、調和しかない」。私は目を開けて、もう一度深く息を吸い込んだ。長い間辛かった。しかしそうやって自分は魂なのだと、本来物理世界の住人ではないのだと気がつけば、出口のない痛みや悩みから救われる気がする。照史は、私が一つずつ理解を深めていく度に光に近づいていると話した。多くの人には見えないが、どんな人も、愛で固い絆が結ばれている。あの一件から伯母も苦しんだ。それでも沢山話をし、お互いに苦しみと和解して、事実だけを受け止めるように努力を続ける毎日を送った。赦しは二人で受け取るものだから。

数日後のある日、向井と食事に出かけ、満席の店は活気がありエネルギーに溢れている。お客の気分も味も良くなると感じた。向井に、いつ照史の事を話そうか、心に引っかかっていた。話すには時間が必要でタイミングは今ではなかった。そしてあの土屋に手紙を書きたかった。情報も欲しい。それを向井に話すと、手紙は原則的に大丈夫だが、またどうしてその様に思ったのか、少し驚いていた。だが、気持ちを冷静に聞いてくれた。私は母の最期を知りたいと言った。わからない事を追究しないと次に進めない。当時は大人のいいように、言い包められていた気がして、自分の目で見極めたい欲もあった。

土屋は無期懲役になり、刑期はそれでいいと感じた。向井は、手紙を書くこと自体良い悪いではなく、私が決めた事なら反対しないと言った。土屋がそれをどうするかは別だから。どこの刑務所か、おそらく検察庁に申し出れば情報がわかるから、今度やってみると言ってくれた。力になりたい、私の頼みなら一肌脱ぐしかないと言った。その昭和の言い方がどうしても気になって、それを指摘すると、おじさんを、からかうのはやめるようにいなされた。大人の向井と話していると気持ちが和らぐ。注文した餃子やレバニラが次々と提供され、それを素早く取り分けてくれ、私はただ大きな口で味わう。

向井が、人は苦しみとか、恨みの思いに、取り憑かれる生き物だと話した。彼はそのような問題を抱えた患者を、たくさん診てきた。

私は正直に、照史のおかげだと伝えた。心に居てしっかりと導いてくれる。これだけお世話になっている中で、そう伝えることには勇気がいったが、彼はそれを寛大に認めて受け入れてくれた。愛は永遠に消えないと知っているようだ。そして私にいつか、本を書いたらいいと勧めた。

心の蟠りを解決できた時に、新しい芽がきっと生まれてくるだろうと感じていた。心の世界、目に見えない世界、何者も心を傷つける事などできない。もし仮に傷つけられたと言うのなら、それはエゴが勝手に、自分で自分に向けて、攻撃しているだけだ。人は産まれて、物心ついた頃には、社会という枠組みの中で、自己否定、罪悪感、罪深さが刷り込まれてしまうのだから。固定観念に取り憑かれている様だ。しかも誰もが無自覚で気がついていないのだから。思考が制限をかけ、己の夢を、夢のままで終わらせてしまう人がなんと多いことか。

私は自分に赦しを、土屋にも赦しを感じることで、お互いにこの出来事から永遠に自由になれると信じて手紙を書いた。

拝啓

突然お手紙を差し上げる失礼をお許し下さい。

私は越前春子と申します。母の名前は十和子です。

単刀直入にお聞きします。あなたに事故の事を伺いたいのです。なぜ、あなたが火をつけたのか、私は本当の理由を聞いていません。母はどの様な最期を迎えたのか、なぜあなたは嫌がらせの行為をしたのか、この二点を教えてください。殺人だったと、警察の方から報告があった時は、今更わかったところで、両親は帰ってこないし、正直知らない方がよかったと思い、わざわざ話すあなたにも怒りしか湧いてきませんでした。今は周囲の手助けもあり、落ち着いていています。両親を殺めたことを許してはいませんが、以前より俯瞰して物事を見られるようになりました。しっかりと刑期を務めていただく事を願うだけです。

母を知ったのは報道の影響ですか？　嫌がらせ行為に至った経緯を知りたいです。そして死ぬ間際、母は何か言っていましたか？　あなたしか知り得ない事なのです。どうか教えてください。私には供述が事実とは、どうしても思えない。なんの根拠もないですが、あなたは本当のことを話してはいない、嘘をついている。そう思えて仕方ないのです。きっとあなたなりの真実があるのでしょう。

人の感情は簡単なものではありません。付きまといをしていた女性を殺した、そんな雑で安易な結末であってほしくありません。母が命を奪われた理由は、きっともっと崇高だった、そうに違いないと思っています。土屋さんの真実を、私に聞かせてください。この手紙を読んでいただき、ご返信下さることを切に願って待っております。

かしこ

土屋誠司様

令和3年7月14日

越前春子

書き直しを繰り返し、五回目で書き終えることができた。封筒を片手に、フライパンで焼かれるような暑さの中、郵便局へ向かった。黙々と歩いて中へ入ると、暑すぎるのか、人っ子一人いない。女性職員と目が合い少し微笑み手紙を出すと、普通郵便か聞かれ、簡易書留でお願いした。女性は受け取ると秤《はかり》に乗せ、笑顔でお預かりしますと言った。そう言われるとホッとした。これで一幕を終えることができる気がして、無性に祈りたくなり、教会に向かった。変わらず銀杏の巨木が墓を見守るように立っている。「いつもありがとう」。銀杏を見上げ手を合わせた。顔を上げると墓石前に、大きなリボンの付いたストローハットを被り、グリーンの涼しげなワンピースを着た女性がいることに気が付いた。私は足を止め、もしかして、照史の母かもしれないと意を決して走り出した。しかしその人は墓地を後にして行ってしまった。「待って！」と声を発することができない。「何も怖くないのになぜ」

と自分に問いかけた。

照史が墓石の前に立っていた。大輪の百合が置いてあり、母が置いていったのだと嬉しそうだ。

「私、前に進めるかな？」

「もちろん。愛を怖がらないでいいよ。これだけは約束して。何を見聞きしても自分を責めないこと」

その言葉に、無意識に自分を責めていたことに気がついた。それが水のように、流されていくのだから、やはり彼の存在は大きい。照史は、与えること、受け取ることは同じだから、君も土屋も互いに赦されるさ、と言った。

寺田が遠くからやってくるのが見えた。話すのも久しぶりであった。私の事をいつも気にかけてくれ、そしていつもどこか懐かしさも感じた。寺田は、姿が見えたのでまいりました。お元気でしたか？　と穏やかな表情で話しかけた。

「彼を思い出さない日はありません」

「神に近い魂の人です、いつも見守ってくれます」

と夏空を仰いだ。照史の母を知っているのか問いかけた。すると小さい頃から、教会に来ていたから知っていると話し母と名乗れない辛さを思うと、胸が締め付けられたと言う。苦労されていた方なので幸せになってほしいと思っていると。そして
「この世の中多くの人は、なんとか自分の中で折り合いをつけながら生きている。今の世は善と悪とかしたがるが、それは物質世界を生きる私たちが決めた物差し。勝手ながら、ルールを守りながら、魂に覚醒して生きていける」
と話した。「世の中がもっと優しくなればいい」。私はそう感じた。
寺田は私に、自分の幸せを一番に考えて生きてほしい、彼を裏切らないように。きっとそれを望んでいると思うと話した。そして夏祭りの写真をくれた。その後、静かに行ってしまった。私はその場に立ち尽くし、その写真を穴が開くほど見た。子供の照史が写っていている。そこにはしっかり真琴も写っていた。施設の行事には出席して、いつも照史を見守っていたのだ。写真はかなり前のものだが、面影がはっきりとわかる。これを機に向井に全て伝えようと思った。黙っているのは良く

ない。

教会を後にして駅に戻ると、向井から着信があった。迎えに行くから、駅の交番あたりにいてほしいと言われ、十分も待たぬうちにやって来た。講演会の帰りだと言い、セットされた髪を崩すようにかき上げた。車に乗り込むと、昼食を食べに行くことになった。木々に囲まれ都会にいることを忘れさせるような空間を提供している大正ロマンの建物が特徴的な、評判の蕎麦屋に出向いた。いらっしゃい！と女将の張りのある声と笑顔で迎えられた。和製アンティークのテーブルが、きっちりと並べられそれは見事だ。予約なしでも入れてくれ、庭園が見える個室に通された。お爺さんに子供の頃から、連れてきてもらっていた馴染みのお店のようで、それには、さすがだなぁといつも感じる。老舗や美味しいものを、たくさん知っている。今日はコースを頼むらしい。お蕎麦屋でコース料理があるとは知らなかった。私はいつも全てお任せだ。上等なお蕎麦は食べた事がないから楽しみで暑い日はお蕎麦がいいよ、と向井はいつも以上に嬉しそうだった。

彼が元気が無いと言ったので、私は平静を装ったが、ちょっとした変化に気がついて、緊張を感じ取ったのだろう。色々なことがありすぎたから、身体は大丈夫？とか、眠れている？ とか心配してくれた。眠れるし、食欲もあるから大丈夫と答えた。心配させまいと思うが、彼は大人だった。私のしたいようにすればいいと、だから手紙を出すことにも賛成だし、必要な事だと肯定してくれた。

先付八寸が運ばれて、そこには上品な山海の幸が綺麗につけてある。「美味しい！」と思わず笑顔になる味付けだった、それは全て計算し尽くされているからだ。食事を楽しみながらも事実を伝えなければと足が地に着かない。

わかっていることを整理できたか聞かれた。母は養子だと話していたから、祖父母とは血のつながりはないことを知っていた。母の実家は静岡の東部にある小さいお寺で、兄弟はいなかった。向井は出生の秘密を、真剣に解き明かそうとしてくれている。しかし母の生い立ちを考えても、情報が少なすぎて、わからないことだらけだった。

私はいつ写真の事を話そうかとタイミングを計るが中々言いにくい。お料理が進み、鴨のローストがきた。合鴨と根深を、鴨油で炒めたもので、贅沢な香りが部屋中に広がる。この鴨を今すぐ口にしたいが、その前に心を決め、この写真を見てくださいと、手渡した。向井は食い入るように見ている。なんとも言えない表情だったのは、それが誰かということに気がついたからであろう。私は彼の気持ちがとても心配になった。これをどこで手に入れたのか聞かれ、教会に寄って、牧師の寺田さんから頂いたと伝えた。しばらくの沈黙の後に、春ちゃんごめんね、と一言呟き照史を救ってあげられなかったと

「医者の集団なのに、僕らは本当にどうしようもない」

思いを晴らすすべがないと悲しんでいる。正直に言うと、照史の事を認めてくれて嬉しかった。治療を受けないのは、本人の選択だったし、それは仕方の無いこと。施設でも幸せで、大好きな寺田さんと、神様の勉強をして、たくさんの人に成長を見守られ、道を切り開いたからと、きっぱり伝えた。

せいろが提供された。私は雰囲気を変えようと、全力で蕎麦と向き合った。

「わあ、綺麗」

辛めのつゆを、少しだけつけ、ツルッと美味しく、あっという間に完食してしま

う。少し不満を言えば量が少ない。そこでお代わりをもらうことにした。こんなにも喉越しの良いお蕎麦は初めてだ。美味しくて箸が止まらない。向井はまだ落ち込んでいるが仕方ない。私は明るく振る舞い、それも慰めているつもりだった。蕎麦を食べないので残りを頂戴した。それには流石に笑ってくれてそしてデザートまで頂きコースを堪能した。

十四時を過ぎると、気温が益々上がっているように感じた。向井がもう少し付き合ってほしいと言う。彼は黙って車を運転し、程なくして雑司が谷に着いた。そこは墓地だ。私には知っていてほしかったと、この墓地にいるのは結婚するはずだった人だと言った。思いも寄らない言葉に驚き、向井を見つめた。しかし、よくよく考えてみれば四十手前の大人な男性が、今まで何もないのはおかしな話だ。

「なんで結婚しないのかって聞いたよね」

「あの時は本当にごめんなさい。無神経でした」

彼は、その婚約者との馴れ初めを話し始めた。幼稚園の同級生で幼馴染。自分たち兄弟とよく遊んでいたと。私は耳をつんざくような音で胸がズキズキし、今まで自分のことしか考えていなかったと、愚かさに恥じ入り落ち込んだ。大学時代に再会して、それから付き合い出したが、もう亡くなって十年。七回忌でご両親に、もう十分尽くしてくれたから、自分の幸せを考えてほしいと言われ、それ以来、前を向いて進もうと決意したと。だから、君の気持ちは痛いほどわかっているつもり。自分もまだ、彼女の夢を見たりする。照史が忘れられないのは当たり前だし、忘れる必要はないと言った。私は、自分の事しか考えていなかったと謝罪した。最愛の人を亡くすと、自分の一部が死んだような気がする。それがよくわかる。だから向井は私の事をとても気にかけてくれたのだ。人は悲しみが多いほど優しい。

私たち人は、過去に囚われていて、思い出ばかりが頭をよぎる。

向井は、君がずっと愛するのは、照史でも構わないと思っている、僕は君の力になれたらそれで良いと言うから、私は自分にそんな価値があるのかと思った。「はは、重たい?」と笑いながら、愛し方はそれぞれで、それに私を尊敬していると、こんなに色々と背負っているのに、人のせいにしないからと、しかも両親を亡くして辛い経験を沢山したのだから、幸せになるべきだと、持論を述べた。私は自分だけでなく、この世には辛い人がいるからと、それを糧にやれていた。立ち直った経験を携えて、人の為に役に立ちたい一心で、臨床心理士になりたいと呟いた。向井は、ちゃんとサポートするから、心に灯した思いを消さないでほしいと言った。二人は墓石の前で止まり、掃除をして、お線香を焚き、静かに手を合わせた。とてもいい香りに包まれ、心の中に響く気配を感じた。それは仏様のような優しい光で、「大丈夫よ。信じなさい」、そう言われて、そしてずっと向井を見守っているとわかった。また後押しされている気もした。自分で良いのかとずっと気にしていたから。墓参りはすごくホッとする。目をゆっくり開けると陽の光がゆらゆらと入って穏やかだ。向井もずっと手を合わせ、心にあることを吐露したのだろう。少しスッキリした表情をしていた。私達は、顔を見合わせ微笑み、また歩き始めた。

世の中は夏休みも終わり、あの手紙を出して一ヶ月。時は経ち返事は無い。最初は期待もせずに出した事なのに、今では淡い希望を抱いて、毎回ポストを見るのが習慣になっていた。数枚は広告などで、時にはお礼の手紙なども入っている。「やっぱりないか……」。私は心を決め諦めた。

最後の患者を見送り、外に出るとそこに郵便局のバイクが目の前で止まった。

「書留です。こちらにフルネームでサインを」

胸がドキドキして差出人を見ると、土屋からだった。嬉しさと不安で急に怖くなって、一気に心臓が高鳴った。そこへ向井が慌ててやってきて、タクシーに乗り込もうとした。そういえば、今夜は会合があると言っていた。それを思い出し、手を振ると行ってしまった。体の力が抜けていくようで、「私は何を甘えているのか」、自分で望んだ事なのだからと思い直した。

自宅に直帰する気持ちになれず、公園近くのとあるカフェに入った。夜も営業し、キャンドルの灯りがゆったりと落ち着かせてくれる空間で、照史との待ち合わせによく使っていた。

手紙をテーブルに置き、随分と睨めっこしていた。しばらくするとキャンドルの炎が大きくゆらゆら動き、懐かしい匂いがして正面を見た。私の気持ちを知ってか、久々に伯父が現れたのだ。そこにはいつもの笑顔があった。春ちゃん久しぶりだね、今は次元が違う所にいるが、すごく快適に過ごさせてもらっていると話した。私にその感覚はわからないが、伯母のそばにいる事だけは知っている。

「開けてみなよ。僕も読んでみたい」

「うん……、でも怖くて」

私の心にメトロノームがあって、カチカチと一定の感情が大きく行ったり来たりしていた。伯父は腕組みをしながら納得するように、まぁね気持ちはわかると頷いた。私は凄く勝手だけど傷つきたくないと思っていた。

「春ちゃんのお父さんと僕は兄弟だろう。でも全然性格は違っていた」

「……」

「弟は行動力もあって、周りをいい意味で巻き込むのが上手い人だった。そんなリーダーみたいな君のお父さんが羨ましかったな」

「そんな風に思っていたの？　私は優しい伯父さんが好きよ」

「おとなしくて引っ込み思案な僕はそう感じていた」

伯父は微笑んで、何が書いてあってもいいじゃないかと言った。もう全て過ぎた出来事。経験の記憶を引っ張り出し、心に映してみせてくる。良いことも、悪いことも同じようにあって、トラウマとして残ると言った。私はじっとその話に耳を傾け、自分の心に問いかけた。過去が今の私に何か仕掛けてくることなんてないのに。そんな古いビデオテープを再生し続けるのはやめて、新しいものに入れ替えればいい事だ。伯父との交流で腹を据え、手紙を読むことができた。

越前春子様

驚きと共にお手紙を拝見しました。まさか娘さんからいただくとは……。まず、最初に謝罪させてください。大変申し訳ありませんでした。

刑務所は己の行いと向き合わざるを得ない場所で、毎日毎日同じことの繰り返し、規則正しい生活を与えられ、だんだんと頭がスッキリしてきたので、色々見失っていた記憶を取り戻しました。残された時間を償いに使いたいと思います。

さて、ご質問ですが答えられません。それは身に覚えがないからで、あなた方の認識と私の真実がまるで違うからです。私が嫌がらせをしたとお思いの様ですが、十和子さんに直接お会いしたのは二度だけで、ショッピングセンターと最後の事故の前です。やはり私が嫌がらせの犯人にされていたのですね。お会いしてないのにどうしてできるのか。あなたのお父上はどんな方でしたか？　どれも酷い話ばかり聞きます。

それとスリップ事故の件は話したくない。知ったところであなたが傷つくだけです。私に言われたくないだろうが早く忘れた方がいい。春子さんが幸せになって下さい。

土屋誠司

それぞれの無数の真実がありすぎて、わからなくなった。私は少々パニック気味だった。自分の思い込んでいた結末と違う。伯父は落ち着く様に諭した。父の事に納得できなくて、探偵の調査報告書とか残っているのか聞いた。しかし、家にはないと言う。ただ、伯父は当時、父から聞いた話を覚えていて教えてくれた。ショッピングセンターに家族三人で出かけた時、母が土屋に話しかけられた。丁度、私と母二人きりで、ソファに座っていたらしい。テレビ出演をした後で、土屋も母を見た事があった。遠目で母と話す姿を、父が見てちょっとしたトラブルになったそうだと、残念そうに話した。おそらく父は土屋に暴力を振るったのではないかと言っている。拳が傷ついて血が出た痕があったから。もしかしたらその時に、土屋の名前や居所を聞き出したのかもしれないねと言った。私は今まで、自分にとって都合よく解釈していたのかもしれない。愛している父を疑うこともせず、違う原因と結果を求めるあまり、エゴの罠にすっかり取り憑かれている。あれほど自分の考えなど意味がないと教えられたのに。その時はすっかり祈る事を忘れてしまっていた。

その夜は眠れずに、カーテンの隙間から、月を眺めて目を瞑った。月の光が明るく、吸い込まれるように、自分のエネルギーと重ねた。「ああ、私も光に戻りたい」。月に手をかざし、「照史くん……、どうしようもない私を助けてほしい」。そしてそれは願いとなって聞き届けられた。

「春ちゃん、よく思い出してくれたね」

脳裏に照史の声が響いた。見ている出来事は全て過去だよ、記憶を引っ張り出して蒸し返しても事実は見えないと諭した。私は頭に聞こえるエゴの声を黙らせて呼吸を繰り返した。今見ているもの、の真の中身は？　疑い、恐れ、罪悪感など見たくない。照史は私の手を取り、胸の上に置いた。大切な事を思い出した。土屋のせい、父のせい、などと、人のせいにしても意味がない。人のせいにした所で自分は救われないからだ。ましてや過去の出来事など、なおさら意味がない。どうして母の思いを知りたかったのだろう。

季節は少し進み、秋色が深まった。診察が終わるとポストを覗くため外に出た。秋のひんやりした風に背中から身震いし、カーテンを閉め掃除を始めた。堀田が、「春ちゃん書き留めよ、ここに置くわよ」と言いそれをデスクに置くと、足早に帰っていった。彼女はいつも忙しそうだ。掃除を終え、それを確認すると、土屋からの手紙だった。忘れようとしていたのにとため息がでた。

「やめてー、深いため息」

と、そこへ笑いながら向井が声をかけてきたので、手紙がもう一通届いたと見せた。前回返事は出しておらず、それに後悔もしていなかった。知りたかった動機がおかしい、なすべきことはそこじゃないと気づいたから。私は待合のソファに腰をかけ、向井を見つめた。

「後で読んでみようね。これはきっと被告の決意だよ」

「はい。逃げずに受け止めます」

そして封筒にハサミを入れ、折り重ねられた便箋を開いた。

越前春子様
あなたの立場で考え、一日中、あなたの思いに、心を馳せていましたが、たった一人の娘さんには、伝えなければと思い直しました。そしてあの日起こった事を全て話す、という結論に至りました。
あの日は天候が悪く、冬の寒い日だったな。私は日雇いの仕事の帰りで、とあるサービスエリアで休憩中だった。そこへご両親が入ってきた。もちろん偶然ですごく驚いた。数年ぶりだったので目を疑った。それで、その時に微かに十和子さんと目が合った気がするが、彼女は逸らした。その後も目で追って、彼女がトイレに入ろうと一人になったタイミングで、話しかけた。

するとびっくりして、まるで幽霊を見たかのような、顔をしていたな。まさか、話しかけられるなどと、思っていなかっただろう。私はできるだけ丁寧に話した。別れた女房の居場所を知りたいから、その見える力で、探してほしいとね。ただそれを支えに、ずっと生きていた。日雇いをしながら、全国どこへでも足を運んで巡ってきたこのチャンスを、逃すまいと思っていた。しかし、彼女は、私が嫌がらせの犯人だと聞かされていたから、なにも言わず去っていったよ。仕方なくフードコートに戻ると、親父さんが何やら男と小競り合いをやっていて、相変わらずだなと、失笑しながらしばらく様子を見ていた。私もあの頃は時間を持て余し、色々と調べていたから。親父さんは理路整然として、正義を振りかざす人だ。それで相手を追い込む手法だな。そんなで、一体何人の人を傷つけた？　一見すると正しい人間の様だが……。そして自分は何をしてもいいと勘違いしているから救いようがないな。

ご両親が車に戻って、すぐその後を追いかけるように、あの中年の男が追っていった。まさかと気になった私は車の後を追ってみた。不安は的中した、大事故が起きていた。煽られて親父さんは相当焦っていたのだろうな。あの吹雪だ。雪の壁があるような視界不良で走っていたのでね。死んでもおかしくないと思った。車から降りて、見にいった時はすでに、十和子さんは頭から血を流していて息はなかった。親父さんには、微かに意識はあったが、その時唇が動いて、俺はそれを読んだ。殺せ？　そう言ったのか確認した。それで持っていたライターで火をつけた。その後、警察は特に何も調べなかったのだろう。

どうして火をつけたのか……、おそらく、あのショッピングセンターでの出来事を、私は許せなかったのだろう。殴られ、私が恰も十和子さんを誘っているかのように話を作り誘導し、大勢の前で恥をかかされた。私はただ、妻の行方を知りたかっただけなのに。

はっきり伝えておくが、付きまといなどしてないし、十和子さんを傷つけようなどと思ったことは一度もない。誹謗中傷していたのは他の誰かだ。ああいった仕事はアンチも多いだろう。親父さんの勝手な思い込みには迷惑していたし、それに自分の借金や女性問題を抱えきれなかったのだろう。十和子さんは離婚を考えていた、とかいないとか。

それから、一週間くらい前に、女房の事やその家族、息子のことを弁護士が話してくれた。今彼女が幸せならそれでいいと思った。ただ、この世の不公平さや無情さを思い知った。一度人生に躓いた人間は、容赦無く、排除されていく世の中だ。笑いが止まらなかったな。私が刑務所の中でくたばる事がわかっていたようだ。春子さん、もう過去の粗探しなんぞやめて忘れた方がいい。知れば知るほどあんたが傷つくだけだ。

土屋誠司

私は読み終えると目を瞑り、それを無言で向井に手渡した。彼は私の思い詰めた表情に、心配して顔を覗き込んだ。私の慣れ親しんで大切にしているものの違う側面を知り、出口の無い迷路に迷い込んだ気がした。そして土屋も後悔や無念さ、屈辱、色々抱えていた。

全身の力が抜けていき今にも倒れそうだ。向井は、そんな私を抱きしめて、気にしてはダメだと諭した。これも土屋の真実で、事実だけを受け止めようと。

目を瞑ると瞳の奥にはどこまでも続く草原が見え、雲一つない青空。柔らかく風が吹いている。私はそこに倒れて身動きが取れないでいた。照史の姿があり、手を差し出すと体を起こし、今こそ赦すときだと言った。私は、自分を罰してきたと。

「自分の気持ちを表すのは罪だと思い込んでいた。本当は寂しいのに、愛が欲しいのに平気なふりをずっとしてきた」

「もう解放していいよ」

「ママにずっとそばにいてほしかった。仕事なんかしないで一緒にいてほしかった。いつか見捨てられるのではと怖かったの」

初めて口にする感情だ。すると十歳の私が目の前で笑っている。君は一人じゃないよと、照史が子供の私を抱きしめると、私は現実に戻されて、息を堪えて暫く泣いていた。私がどうして母の最後の思いを知りたかったのか？　それは死ぬ間際、私の事を思い出してほしかったから。最後の一言、それは私の名前ではなかったのかと、脅迫のように自分で自分を追い込んで傷つけていた。

五　真琴

最後の手紙から程なくして、土屋は亡くなった。悪性リンパ腫で余命も短かったから、全てを告白したのだと、弁護士から聞いた。私や向井にとっても、家族と向き合ういい機会だった。子供の頃は何もわかっていなかった。向井の父は寡黙な上、不器用な性格から、冷たい人間だと、随分誤解していたと。本当は愛情深い優しい心の持ち主で、それに気がつけただけでも救いだったと彼は話した。

数ヶ月後、私は向井と向き合うと決め、クリニックに程近いマンションで一緒に暮らし始めていた。そして照史の命日も近づいている。今朝は早く目覚め、広いリビングで、冬の薄らいだ日差しを感じながら、カーテンを全開に窓を開け、伸びをした。小学校の横に咲く梅が見え、幸せに感謝した。安心感のある大きな背中と、その形の奥にある心の光に気がつけば、愛おしさと懐かしさで、核心に近づけた気がする。愛がやってきて愛を受け取ること、与えること、それが完璧に采配されることを知った。

朝食は向井が作ると張り切っていたので、私はテーブルセッティングをした。生クリームと塩、お砂糖も少々、あとチーズも入ったオムレツが美味しそうで、スペシャルな朝食だ。そして土曜日は講義で、向井は慌てて出かけた。こんな日常を過ごし、ベランダから手を振る左手の薬指には、婚約指輪が光っている。

それから何より、母への思いが以前より強くなり、いつか本に書きたいということが一番の願いになった。失敗を恐れた心で挑んだことは、その結果も芳しくない事実。自分を肯定し愛で始めたことは、結果素晴らしい奇跡を経験する事も。魂や心の思いの大切さを私が伝えていく。それが託されたと使命だと自覚している。

その日は寒く身が引き締まるさなか、私たちは、照史の記念式に出席していた。永眠して一年が経ち、姿を見せることは無くなった。それだけ私が成長し、彼が心の中にいるとわかったからだ。寺田の説教を聞き、祈りを捧げ、それから墓石まで歩いていくと、彼の姿があった。相変わらず全能な光を放っている。そこで向井が何かつぶやいた。微笑んでいるが二人で会話をしているらしい。その声は私に聞こえない。そして向井が数回頷くと、光と共に消えた。照史は心にある思いを大切にして、自分のやるべきことをしてほしいと言った。そう私に話してくれた。向井の使命で、出し惜しみしないで全力でやることだと。

二人で駅へ向かい、歩いていると、オリーブグリーンのワンピースを着た女性が、私達を呼び止めた。目が合うと一瞬で打ち解けた。そこで私はやっと真琴に会え、感無量だった。お互い話をと思っていたので、駅近くのベーカリーカフェに入った。昼前ということもあり少々混雑していた。照史を支えてくれたと、心から感謝を伝えられた。私は、彼に出会えて幸せだった事、色々知識を教えてもらった事に、とても感謝していると伝えた。真琴は、向井にも色々と迷惑を掛けたと謝罪して、お互い一通り挨拶ができた。飲み物を注文して、ウェイトレスがお冷やを置いて立ち去った。私には色々と突き詰めて話したいことがあった。

真琴は自分の生い立ちを聞いてほしい、照史の人生にも関わった事なので伝えたいと言う。それはきっと過去の出来事と決別したいからであろうと感じた。真琴の母は、元々花柳界にいた女で、自分を産んで仕方なく孤児院に託したと。それからその母に聞いた事を丁寧に語り始めた。

小雨の降る深夜に、母はベビーバスケットを抱えて、教会の孤児院裏手にある、小さな勝手口に立っていた。するとそこへ一台の車がそっと近づいて止まったので、母は慌てて走り去ろうとした。男が車から降り、彼女を引き止めた。何もしないからちょっと待ってと、足を止め、男の方も産まれて間もない赤ん坊を、タオルに包んで抱いていた。その後はお互い何も喋らないまま、バスケットに二人の女児をそっと寝かせた。男は祈り、持っていたマラカイトのネックレスを赤ちゃんの胸元においた。男は渋っていた母を車に乗せたが、重い口を開いたのはしばらく走ってからで、どこで降ろしたら良いか訪ねた。母はこの辺りで良いと告げると、車は静かに停車した。降りる直前、急に「わあー」と泣き出し、そんな姿に男はギョッとした。そしてこれは犯罪よ。私は取り返しのつかないことをしたと吐露した。男は母の肩を強く握り、もう後には引けない、覚悟を決めろよ！と強い口調で諭した。そして自分も辛い、お願いだからわめくなと、まるで彼自身に言っているようだった。そして二人は他言無用を約束して別れた。

そんな！　置いてきたのかと、向井が眉を顰めた。私は身勝手な大人達に苛立ちを覚えるも、そこで思いとどまった。一言で断罪は出来ない。本人達も十分苦しんでいる。真琴は母も亡くなって、詳しく事情を知る人間はいないと言った。

その後、真琴は子供の出来ない呉服問屋へ里子に出された。大切に育てられ、思春期を迎える頃には、誰もが羨む麗しい女の子に成長した。照史もそれに似たところがあり、容姿端麗だった。しかし高校を卒業する頃には養父が亡くなり状況が変わった。見合いをさせられ、老舗旅館の跡取りと結婚した。真琴は結婚したくなかったが、養母から勧められ断れなかった。その当時はわからなかったが、義母は真琴の美しさに嫉妬していたのだと。私はその話を聞いて、自分の母とは随分と環境が違うと思った。育てられる親によってこうも人生が変わるのか。そしてまだ疑問が残る。例のベビーバスケットに残されたもう一人の女児は誰なのか？　私たちの持っている情報だけではわからない。置き去りにされた孤児院も、すでにその場所は無いそうだ。しかし、母は我が子を手放してしまった後悔で、後日施設を訪れたという。里子に出してはいたが、自分の所在を教会に伝えたそうで、その後一切会わない条件で、罪には問われなかったそうだ。真琴は結婚した後、母と再会し、それまでの謝罪を受け許した。夫婦で暮らしていた時は、順調で母とも交流があった。全てが変わってしまったのは、老舗旅館を継ぐ為に、夫の故郷に帰ってからであった。跡取りが中々できない事に、大女将に罵倒され続け、精神を病んでしまった。それを支えたのが向井の父で旅館の常連だった。

その後東京で照史を産み、しばらくは二人で頑張っていたが、それも長くは続かなかった。元夫に幼い子の存在が知られるのが嫌で、出生届も出せなかった。そんな中、照史が三歳の時、彼を母に預け、自分は紹介された花街に入った。母と同じ道を行く、生業を得て、それでも真琴は自信を取り戻すことができたと言った。現在は再婚して子供にも恵まれ、幸せに暮らしていると。それで私は安心した。辛い思いをしてきた人が、幸せになれなくてどうする。自分の行った出来事を責め続けていても、自分で自分を苦しめているだけで救われない。誰でも幸せになる権利がある。その時に十分反省をして謝罪し、その後は懸命に生きて、世の中が幸せになるように努めれば良い。

「あの、それで元夫なのだけど……」

私は、真琴がこれから言おうとしている事柄は想像もしていなかったが、話すことにかなり躊躇していると感じた。なんでも受け入れる、この複雑に絡み合っている事実に、もはや恐れや抵抗を感じなかった。赦すということを学んできたし、何が起こっても大丈夫だと思える。

「その元旦那さん、大丈夫です。話してください」

私は照史が常にそうであったように、穏やかで優しい瞳をしている。真琴は、自分の元夫は土屋誠司であると話した。あの、獄中で後悔と反省を口にし、最後まで謝りたいと、無念のうちに病で死んでいった土屋だ。私もそれは知らなかったので唖然とした。

こんなにも複雑な出来事があるだろうか。同じ過ちを繰り返し、なぜ同じような道を辿るのか、今までなら自分の運命とやらを呪って、人のせいにしそうであるが、今は違う。神が運命を決めるのではない。全て自分の選択だ。母が父と結婚したことも、人の為に尽くすと決めたことも自分の選択。私が母に自分の気持ちを言わなかったのも、照史に出会って恋人になったのも自分の選択。真琴も、土屋もそうであろう。そこに他人の評価などいらない。人は人生の創造主になれる。春子さん、ごめんなさいね。あなたの大切なご両親を殺めてしまったと、真琴は涙を流して詫びている。

私は大丈夫だから、それより自分を責めないでほしいと伝えた。真琴は、どうしてそんな風に思えるのかと困惑している。照史に、色々教えられた大切な事だからだ。自分は一生、他人を責めながら、生きていたいか。その事を自問したほうがいいと言われたと伝えた。ただ申し訳なくてというが、そう思っているのは、真琴自身が赦されたいから。謝罪も大切だが、それより自分の心と向き合う方がいい。真琴は不思議そうに見た。そう、他人の事のように見えることも、本当は自分のことだ。そうやって私たちは他人の行いを見て自分を責めている。そうやって他人を責めることによって自分の心のバランスを取っている。それは無限ループのように、永遠に繰り返され、疲弊しながら私たちは死んでいく。真琴にはそんな悲しい結末より、自分を責めるのをやめて、自分を大切にして、自分のしたい様に幸せに生きてほしい。

「春子さんは優しいから。私は罪深い。ついた嘘が土屋を傷つけ一生を壊してしまった」

真琴は未だ自我から解放されていない。土屋に謝罪しようと、刑務所の前まで行ったが、それ以上進めなかったと、過去と向き合うのが怖かった。そして己の弱さを痛感した。そうやって自分自身から逃げて人生を送ってきたと。真琴にはまだ、そうやって殻を破り、新しい自分に生まれ変わる準備ができていないのかもしれないと思った。

「真琴さん、土屋はあなたの幸せを強く願っていたそうです。だからきっと伝わっていますよ。それに照史くんもそうです」

真琴は涙を拭い、少し笑みを浮かべた。真琴が気の済むまで自分を責め続け、それもいい加減飽きたと思えば、またきっと自分の幸せを模索していくに違いない。

私は指輪を差し出した。

「照史くんが、おばあさんから受け継いだそうです。私が預かっていました」

「私に？」

「この指輪は真琴さんが持つべきです。きっと彼もお母さんに渡したかったと思います」

照史は、本当に素敵な人に出会えて幸せだったと、私に何回もありがとうと言った。そしてお互いの幸せを願い別れた。私は、もう会うこともないだろうと感じた。きっといつかは自分を赦し、自分の為の人生を、歩いていける人だから。

瞬く間に月日が流れた。私は向井のサポートで大学に通い臨床心理士を目指した。そしてその生活にも終わりが見え、卒業目前だった。今までよく頑張ったと思う。向井も人一倍努力をしたと褒めてくれた。自分の力だけではできなかった事だ。向井のおかげだと強く思って、感謝していた。ある日、二人で朝食をとりながら、向井は聞いてほしい話があると、おもむろに話し始めた。大学時代の先輩から中東で働かないかと誘われたと。私はすぐに良い言葉が出てこなかった。向井はついてきてとは言わない。私はこれからだし、クリニックを任せたいと。

そしてお互い無口になり、その夜に話し合うことになった。向井は、本音を聞き出そうとするが、言えるわけがない。外国で働くことは、彼がずっと思い続けていたことで、彼の使命だ。世の為に自分が出来ることをする。そして正直焦りもあり、今まで自分は何も成せてないと言った。この日ばかりはいつも穏やかな向井も少々声が大きかったので、かなり悩んでいるのだろうと思っていた。反対はできない。出し惜しみしないで、能力があるのだから、それを世の為に役立てる。まさしく使命を生きる事。

私の本音を聞かせてほしい。寂しい思いをさせてまで、行くべきなのかわからないと悩んでいる。私には二人の未来が鮮明に観えていた。彼に助けられ救われた人たちが彼を囲み生きる希望を取り戻している。向井は家族という小さなコミュニティに収まる人じゃないからと、納得した。そして私を信じてほしいと伝えた。

六　永遠に

私の歩みは瞬く間に過ぎ去り、数日前に古希を迎えた。しかし朱夏の頃より一意専心に活動し、毎日を愛おしみながら過ごしている。今日は書籍の出版にあたり、とある女性誌の、取材を受けることになっていた。ありがたい事に、特集記事として掲載される。その雑誌とはかれこれ七年と長い付き合いで、主に雑誌で恋愛相談のコラムの連載を任されている。

約束の時間より、早く到着しそこはまるで、ヨーロピアン調のフランス宮廷サロン文化が、花開いたような四つ星ホテルだ。外国を訪れた気分にさせてくれるので、特に女性人気があるそうだ。

「気を遣ってくれたのね」。そんな年齢になったのだと、改めて感じた。フロントにより近いラウンジのソファに腰をかけ、高揚感を落ち着かせるために、浅煎りコーヒーが役に立った。深く息を吸い、高い天井を見上げ半生を顧みる。この書籍は私にとって何十年と大切に温めて仕上げた、人生の集大成でもある。そんなわけで、あえて特別な感情にならぬ様、噴水のごとく溢れる様々な思いを受け流すことをして、その始まりに備えた。

しばらくすると、雑誌記者が小走りにやってきて、待たせたことを詫びた。呼吸が乱れるなか、無造作に髪を整え、汗も拭っている。遅刻ではないですよ。落ち着いて下さいとなだめると、お一人ですか?と聞かれた。周辺を見渡し、いつも繋がれている様に、ぴったりとそばにいる、娘の姿を探している。娘は私のマネージャーをしていた。訳あってのちほど来ることを伝えたが、記者は珍しい事もあるものだと言いたげだ。私がいつも、約束の時間より早く来ているので、助かると言ってくれるが、今回は本当に楽しみで、胸が高鳴っていることを伝えると、こちらも企画した甲斐があったと喜んでくれた。挨拶もほどほどに、ホテルの一室に移動するため、ボタニカル柄のロングワンピースの裾を持ちながらおもむろに立ち上がり、背筋を伸ばした。私はいつもお洒落だと記者が言う。凛とした佇まいが隙を与えず、それがカリスマ性を漂わせているらしい。素直にお礼を伝え、お婆さんになっても女心は忘れたくないと話すと、記者が、その心構えが、若くいるための秘訣だと思う、と持論を述べた。こじんまりした螺旋階段をゆっくり上がり、部屋に入ると、アームチェアーが置かれ、麗しい芍薬がなんとも香り高い。私が好むであろうと考え抜いた様子が窺えた。

それは癒しの空間だ。リラックスしていただきたいからという、その気持ちが嬉しい。また私の香りはいつもピオニーだと伝えると、記者は照れ笑いをして知っていると呟いた。

「書籍を拝読して素直に感動致しました。と同時に理解できない事柄が多くて」

それに私は何度も頷いた。

「それも踏まえご自身の歩みについてお聞きします」

「はい。どうぞよろしくお願いします」

まずは記者が改めて挨拶をし、私もそれに倣った。背筋をピンと伸ばし、微笑みを浮かべ、少々時間はオーバーしても構わないと、初めから長丁場になることを、さりげなく伝えた。相手の柔らかい笑顔の中には、力強い眼差しがあり、いつもより緊張している様に見える。私が放つエネルギーのせいだろう。私には強い覚悟があり、すでにある思いを受け取っている。

私は記憶を辿りながら、誤解の無い様に丁寧に話すことを決めた。そこへ物音を立てない様、娘の美樹がそっと入ってきた。お互いに目配せし、普段と変わらない様子が窺えた。父親に似て大柄な子だが、おっとりしているところは私ゆずりだ。

用意されたハーブティーを口に含み喉を潤すと、話を再開した。

照史との出会いがあって、心理学とか精神世界を勉強したのか聞かれた。照史がきっかけをくれたのは事実だ。だが私に託したものはそれだけではない。ただ私の母と同じように、彼が伝えたかった魂の話を、こうして伝えている。

最愛の照史が、この世を去った時のことは、未だ鮮明に覚えている。病床で彼に、「心を乱さず常に静かに。何も心配することなどないのだから。そう言われたような気がしましてね、平常心を保つ大切さです。人生を幸せに生きるために必要です。何となくでもお分かりになりますか?」

「心が乱気流の様にならないようにということですか?」

「まさしくそうです。乱れるとパフォーマンスが下がりますね。日常生活の場面で心がざわつく出来事もあると思われますが、平常心を保っていられたらいいですね」

わかりますが、それがなかなかできない、と記者が言った。そんな時は、心から信じられる存在があるといい。信仰や宇宙でもご先祖様でもいい。強者の中には自分自身という人もいるだろう。心を訓練するには意識することが不可欠だ。

「少し考えてみるのもいいかもしれませんね。決して強制ではありませんよ、選択は自由ですから」

書籍にはありのままを書いた。父が交通事故を起こして、あろうことか嘱託殺人を依頼した事実に触れ、記者が無神経な言い方を謝って後味が悪すぎではないですかと言った。私はそれを知ってから過去と決別して、前を向いて歩くことができたのだから、良かったと話した。父は下衆な男だ、庇いようがない。しかしそれもすでにどうでも良い事。個々の受け取り方で本質を歪めてしまう。それらが引き起こした。

書籍は母と大きな愛がテーマになっている。記者が愛とはなにか。愛の正体が目に見えない世界と、どう繋がるのか問うた。見えないものはまやかしだと、見えるものが全てとほとんどの人が、そう解釈している世の中に一石を投じたかったからだと答えた。心の中にある自分の想いこそ愛だからだ。

私は女性誌で恋愛コラムを担当していることから、どうやら恋愛マスターと呼ばれているらしい。それについてコメントを求められた。大変烏滸《おこ》がましいですが、おばあさんがそのように呼んで頂けるなんて光栄だと伝えると、記者は失礼ながら若々しいと、そこで恋愛観、上手くいくコツなど特に女性は知りたいと願っていると言う。私の指南が欲しいそうだ。記者が、今度はわかるように話してと、その表情から期待しているのがひしひしと伝わってきた。

最初は恋愛から話すことにして、記者に恋愛しているか聞いた。記者は明るく、残念ながら相手がいないと言った。恋愛は、自分の気が済めばやめる、恋い焦がれる、自分に恋をしている状況と同じ。一人で完結しているから必ず終わりがあると話した。記者は声を出して笑い、終わりたくない人はたくさんいらっしゃると思うと言った。緊張がほぐれたような顔をしていい笑顔だ。人間は恋愛話が好きだ。特別な感情をぎゅっと強く握りしめている感じ。力んで重たい。そして少女漫画の様なドラマがなくてはいけないと言うと、また嬉しそうな表情で、その先を知りたがった。結婚観の前に、愛について話さなければ。愛とは特別でないもの、共感と喜びを分かち合えるもの。他より優っていなければ愛されないと思って、大変な努力をする、それは愛とはかけ離れている。嫌われることを恐れ、常に相手の言動を気にしたり、合わせたり。しかし愛は心配が無く永遠。消えてなくなったりしないから。

共感と分かち合いは一人ではなし得ない。あと結婚観だが、運命の赤い糸の相手を見つけるとか、そういう話ではない。女性は特に運命の相手などを探すのではないかというが、全ては縁だ。縁を与えられたら自分なりに、どう関係を築き良くしていくか。要するに、日常を毎日楽しく作る。その繰り返しの結果だ。記者は、すぐにわかったとは言えませんが、考えてみたいと思う、と率直に述べた。

この書籍の愛について、博愛的な意味合いが強かった。母は愛の人で、その愛は隣人愛のことだ。常に人の為にと尽くしていた。父との関係についても聞かれた。子供の私から見て、いい父親だった。しかし母にとっては違ったようだ。恥ずかしながら女性問題を抱えていて、子供には隠し通したのだ。愛情深いゆえ同時に強い悲しみや怒りも抱えていた。とても辛かったと思う。どんな人でも間違いは起こす。また喜びも悲しみも同時にある。記者は、とても人間らしい、共感できるエピソードだと言うが、まさしく誰でも同じ人間、この物理世界に生きている以上、この世に特別な人間なんて一人もいない。

そこで記者は核心に近づきたいと質問を続けた。間違いとは誰が決めているのか。

私は、自分でしょうねと答えた。自分は間違っていない！と信じて他人をジャッジする。しかし、その行為は自分を責めている事と同じだから。多くの人に気がついてほしい。心の思いは鏡のように現実に映し出される。思いがあるからそれが見える。美しいと思う花、景色など。ネガティブに思うことも、自分でそう思っているから他人に言われるのだ。外側が自分に影響を与えると勘違いしているから、他人の意見に左右される。記者は納得したように頷いていた。言われたことを真摯に受け止めてみると、心の状態がわかってくる。

かつての真琴もそうであった。自分は罪深いと自己否定ばかりしていると、どんどん悪い方にいく。記者は自分のことをめちゃくちゃ落ち込むタイプと言った。そして惨めになるのだと。私が思うに反省なんて一瞬すれば十分。自分が一番の味方でいなければ、この複雑な社会を生きていけないかもしれない。

「いつもマックスな自己肯定感を持てたらいいですけどね」

「自分の弱さを認めてしまう方が早く楽になるわね」

神社仏閣を好きな人が多いのではないか。神様にお願いする。祈りだ。自分の弱さを認めて肯定できたらあとは神頼み。あれこれ自分で考えないこと。委ねる。それがいいと伝えた。

面白いと記者は、真剣に笑っている。まぁ確かに、最後は神頼みだと言われれば、そんな馬鹿な、と言いたくもなるだろう。ご先祖様に祈ったらいい。自分のルーツが一人でもかければ、今の自分は確実にいない。代々繋いだ命を大切にして感謝する。そうしていれば心の安定にも繋がるものだ。

記者が、お母様と言うので、十和子でいいと促した。色々な母が登場しわからなくなる。十和子は教会の孤児院に預けられて、そこからお寺の住職に引き取られた。そこでは大切に育てられ敬虔な子供時代を過ごし、それを受け入れていたと話した。また、施すことがいまいちよくわからない様だが、その気持ちはわかる。書いた事が全てだが、実際に見たことがない読者も多い。例えば霊的な何かは信憑性に欠けるという。確かに、そのような質問は沢山頂く。ありがたいことだった。仕事はその抽象的な部分を扱う。その共感覚を知っていたからそれを使い癒すことをして、人々の幸せを願っていただけにすぎない。記者はまだ腑に落ちない様子で、時折、頭を抱えていた。私はそれも仕方ないと思いつつ、自分の心にあるものは、創造できる確信があった。

この場にいる全員が同じ方向を見て、真意に辿り着こうとしていると感じた。私はこのような場を与えられた事に本当に心から感謝をした。

「質問を変えますね。元ご主人と現在も離れて暮らしておられますよね？」

「いいえ、彼が日本に戻ってからは一緒ですよ」

向井が高齢者と言われる年齢になった時、そろそろ日本への帰還が決まっていた。そしてその直前、事故に巻き込まれ車椅子なしでは生活が困難な状況になった。私たちはパートナーを解消してはいたが、そんな彼を放っては置けなかった。幸い美樹がいたし身の回りの世話は自ら買って出たのだ。私たちは夫婦とか男と女という関係性をとうに超越していた。お互いを尊敬し認め合っているからこそ人間としての付き合いができる。

記者は結婚をされて間もない頃で、当時は寂しかったのではないかと聞いた。そう、正直に言うと、賛成ではなかったが、それでも反対はできない。難しい決断だと私は言った。しかし沢山の人を助けたいと、その愛の精神には大賛成で、大人になる時が来たと思った。

　ちょうどホテルの部屋からレインボーブリッジ方面へ傾き始めた日の光が見え始めた。それを眺めていると走馬灯のように数々の思い出が蘇った。記者は大きな愛すぎて理解が出来ないと言うが、私たちは何度も話し合いをした。そして私を信じてほしいと何度も伝えた。向井と離れる事になり、私のエゴは泣いていた。そばにいたかったから。エゴとは本当に厄介だ、四六時中、脳裏に不安や恐れについて語りかけてくる。

　また、向井がいない寂しさは、子育てに集中することで解消し全てを娘に注いだ。一人での育児も幸い恵まれていて、伯母やクリニックのスタッフが協力してくれたし向井の後任は、友人の矢嶋先生が来てくれた。経営も、慣れるまではわからないことばかりだったが、夫の実家も協力してくれ結局意外と大丈夫だった。私が強いし心が寛大というが、いいや、私は人より愛の理解が深かっただけと言った。

その後、向井は数年間で、何度かは日本に帰ってきた。普通の家族のように過ごして、また向こうに行く。普通の家庭が娘の為に必要だった。その名残か、美樹はいい歳になっても家族一緒にこだわる。記者が娘さんのご苦労もお察しすると言って美樹を見た。彼女は泣いている。

向井は心の医師だが、それはもう沢山の困難や、やりきれない感情、事象があったと思う。派遣先は内戦や紛争が絶えない地域で、泣いている人々が何万といたであろう。

一人で抱えきれない事も、多々あったと容易に推測でき、自分自身も心の支えがなければ、折れてしまいそうなこともあっただろう。しまいにはそれが愛なのか、もはやわからなくなると。

向井が悲しい時、当時私は、現地へ駆けつけることもしなかったし、その場で彼と一緒にいる温もりに託した。今思えば、私は現実から逃げた。そしてお互いのために、娘が十五歳になったとき離婚を決断した。その時はそれが最良だと信じて。記者が中々できない事だと言ってくれるが、本当に苦しかった。そういう時は、祈りを続け自分を保った。美樹は滝のように涙を流している。化粧も落ち、それは見るに堪えない姿だ。娘なりに辛かったと思うし、その気持ちを思うと、申し訳なかったと思ってしまう。今、流している涙は、一生をかけ、多くの愛に思いを馳せた私たちの偉業に胸が一杯だからだろうと思いたい。

そして何より、素晴らしかったのは私に奇跡が起きた事だ。ある日、美樹をつれて教会に出向いた。彼女が三、四歳の頃だと記憶している。美樹は私のマラカイトがお気に入りで、時折それを首にかけてあげていた。偶然、それを目にした寺田が、気がついたのだ。産まれたばかりの女児の胸にマラカイトを乗せたのは、寺田だった。その時、母と寺田は和解したのだ。自分を赦すことができたと、私と喜びを共有したのを覚えている。そのマラカイトは、寺田が持っている物と分けたものだ。

私には一つの道が見えていて、その道をずっと歩きながら、傍にある様々な道具を使ってきた。ついに向こうには大きな木が観える。私の歩みもそろそろ終わりだ、と思い始めた。

「子供時代の十和子さんとの思い出の中で、何が印象に残っていますか？」

「人形遊びとかおままごとをしました。父に呼ばれたりするると中断するのでそれが不満でしたね」

記者が期待する答えはもっと特別な出来事かと思うが、ありきたりな日常を丁寧に過ごすことは最も大切で難しい。我々は、目新しい事にすぐ飛びつく。毎日の繰り返しは、退屈で、変化を求めたくなる生き物かもしれない。しかし、そのように思うのはエゴだ。何か特別な事をしても、心の奥底では満足できない。物では心の隙間は埋まらないのだ。人は愛を感じたい。何気ない日常が、一番愛を感じることなのだから。

「そろそろお時間なので最後に一つだけ。読者に一番伝えたいことはなんですか?」

「ハートの声をじっくり聞いて下さい。心の声を聞くことを、エゴが、恥ずかしいから、とかみっともないとかで妨害してきますが、蓋をしないで下さい。心の声と行動が一致しているのが幸せになる近道ですから」

記者は、自分もちゃんと心と向き合いたいと言った。私は沢山の人を幸せにしたいと、常に願っている、志なかばで人生を終えた母も、喜んでくれると確信していると伝えた。本当に貴重なお話と、お時間をありがとうございました、と記者が深く頭を下げ、表情も何かを見つけられたような、清々しい印象に変わっていた。私も何度も言うが、この様な機会を与えられ、大変感謝している。

記者がもう一度、個人的にじっくり魂のお話を聞きたいと言った。自分は無神論者だし、見えない世界を、あまり意識してこなかった一人だが、そういう立場の人間も受け入れてくれる事が嬉しいと言った。私は魂に生きるか、従来通りにやっていくか、選択はそれぞれの自由だとし、あなたがそれを望むなら叶うと伝えた。便宜上、神という言葉を使うが、これは自分の心を大切にしてほしいという事で、心の中にちゃんと神という名の愛があるとも伝えた。

お互い、今の幸せを分かち合い、私は部屋を後にした。化粧室の鏡に映る私の顔に、母の顔が重なり、優しく微笑んだ。ありがとうと唇が動いた。私のずっと心にある願い、それは「愛おしいあなたと片時も離れたくない」何十年と待って使命を果たした時それは叶うとわかっていた。

最後にやらなければならないことがある。娘には全身全霊で愛を注いできたつもりだ。幸いそれをわかってくれて、肯定感の高い、優しい子になったと自負している。いつも私にべったりだが、それも終わり。そろそろ自分の道を歩む時。司という伴侶がいるのだから彼としっかり愛を育ててほしい。

「美樹、覚えておいて。心の声を聞き逃さないでね。本当の気持ちは消せないものだから。それと身近にいる大切なものに感謝をして関係を築くのよ」

「うん。いつも聞いているから大丈夫。ねぇ帰ろう。お父さん待っているよ」

タクシーに乗り込んだが、私は東中野に寄ってもらい、教会に着くと私だけ降りた。墓参りに行くと話をし、もう一度与えられたものを大切にと声をかけた。

「あまり遅くならないでね。今日は出張シェフを頼んだの」

美樹は了承したが、どうやら話したことについて、深くは考えていない様だった。楽観的な心でそれも美樹のいいところだ。

車を見送り、照史の墓へゆっくり歩いていった。二十年以上前に亡くなった寺田も、照史の近くに埋葬されている。途中あの銀杏を見上げた。そして私には見える、百合の花で埋め尽くされている霊園を眺め、芳しい香りに包まれると身体を完全に委ねて愛おしい声を聞いた。春ちゃん待っていたよ、と照史が声をかける。導かれるように一歩一歩進むごとに心臓は高鳴り、目を開けると眩い光に包まれた彼の姿があった。まずは二人で寺田の墓石に手を合わせた。寺田のマラカイトと、形見で持っていた母のマラカイトを合わせ、一緒に置いた。もう言葉はいらない。そして照史と向かい合うと手を繋ぎ、抱き合うと、間も無く輪郭が溶け合うように混じり合い一つになった。

「身体を脱ぎ捨てる時は自分で決めたい。それもいいでしょう？　長い間私は夢を見ていたの」

「息をするように与えることができた？」

「同時に沢山与えてもらいました」

やっと愛に戻るときが来た。それにこの身体は随分と役に立ってくれた。照史が、ちゃんとお別れできたのか聞いた。少なくとも向井は理解しているし、美樹にもいずれわかる時が来る。そして私の願いは二人に幸せな夢を見てほしいということだ。それは叶うからと。

水面に光が満ちて、そこにある小さな渡し船に照史が乗り、私の手を取った。ゆっくり漕ぎ出すと百合の花びらが水面に追うように舞い落ちていき、ついには光の粒子となって消えた。脱ぎ捨てられた身体はちょうど照史の墓前に横たわっている。

その日は夏の始まりで、あたりには蝉の鳴き声だけが響いて、私の始まりを祝福している。

向井は車椅子を美樹に押してもらい、私の書斎に入った。きちんと整頓された室内で主人を亡くした柴犬のように、真ん中にデスクが置かれ、壁一面の書籍が、それを見守っているかのようだ。向井は額に入った、家族写真を手に取り眺めた。娘はせっかく家族で過ごす大切な時間だと、私の不在に不満げだ。向井は、司が到着したら食事にしようと、シェフに伝えてくるよう頼んだ。写真を戻すと、デスクの白い封筒を見つけ、それは私が書き留めた遺書だと直感でわかってくれた。震える手を落ち着かせ、深呼吸をするとゆっくり封を切った。

私は宙からあらゆるものを頂いている
呼吸のように
生かされて
地球上ではあらゆる生命が謳歌している
己を讃えて
私は人間を謳歌する
不足などない
枯木になどなっていないだろう
私はあらゆる事柄を創造した
錬金術のように
思いは一瞬で成されるから
見逃したくない
この一瞬を
あなたはいつもそばにいてくれた

語りかければ
導きそして答えをくれた
私のすべきこと
聞き間違えないようにしよう
心に響くことだけを
愛とは強さそして光
あなたは死んでなどいなかった
私たちはいつか死にゆくものではなかった
あなたを今ここに感じて
私の光そのもの
私たちの愛と光は永遠だ
このことを忘れないでいよう
形あるもの全て
あなたの創造物ではないけれど

いつもそこにいて
光をくれる
安心していいのですよ
失うものなど何もありませんから
あなたが飛ばした愛が
子に帰る親鳥のように
等しく永遠に広がっていく
それを目撃するのです
目を覚まして
私は幸福になります

向井はそれを何度も読み返した。一筋の涙が光って、私が永遠に帰った、使命を果たしたと知った。

向井はありがとう、と私に呟き、西の地平線に沈む夕日を望んだ。そして一緒に見たあの夕日を思い出して、心は瞬時に、その時代へ戻り感じる。だから時間など存在しないのだ。バーチャルな世界に生きている間は、まだまだだと、自分はリアルな世界にはまだ行けないなと、私に言っている。そしてやり残したことに気づいたと話した。彼はとても清々しい気持ちになり、同時に私の旅立ちを心に受け止めて、照史と幸せになってほしいと告げた。

向井と別れる時に、彼が言った言葉を思い出す。君と共に過ごした日々は短かったかもしれないが、確かに強い絆で結ばれていた。遠い外国にいる時も、心の中に君がいていつも励ましてくれた。どんなに支えられていたことか。君の夫で幸せだったと思う。僕の弱さが君を悲しませたこともあったが、それは情けない男の性だと思って許してほしい。これだけは忘れないでいよう。人はひとりではないこと。そして心の奥にある愛を思い出し赦し心から祈ろう。本当の君をいつでも思い出せるように。

終わり

自分の殻を破って――あとがきに代えて

よく物思いに耽っている子供でした。それを知られるのが怖くてひた隠しにしていました。多くの物語が語られて消えてそれを繰り返す日々。大人になりしばらくは語ることも無くなっていましたが、心の中にある火は中々消せないものです。様々な経験を経て、あるものを形にしようと考えました。

色々な願いを持っているのに、それに気がつかない人が多いと感じています。人生は運命や神の気まぐれで決まるものではないのです。春子のように使命を確信していきたいものです。

何か決断する時は、心の声をじっくり聞いてみてください。そこに耳を傾ければ、必ず答えは出ます。エゴが邪魔をする声が頭の中に聞こえてくるかもしれません。お前には無理だと、絶え間なく、足りなさや、罪悪感などについて、語りかけてきますが、惑わされないことです。誰でも幸福になる権利があります。言い換えると、皆すでに幸福を持っています。しかし、お金は持ってない、好みの姿形でない、こんな親だからと、環境のせいにして、完璧でない姿を、本当の自分と思い込んでいるのです。

私も体調不良など、できないことへの言い訳を散々してきたと思います。随分遠回りをして過ごしてしまったと思います。色々な書籍と出会い、随分と救われました。そして多くの人に伝えたい、自分を低く見ている人に知ってもらいたい。

誰にでも特別な思いや大切なものがあると思います。私はそれがとても強くて、こだわりや価値観を大切に握りしめていた一人です。それが自分を苦しめていることに長い間気が付いていませんでした。特別に大切にし、優劣をつけている時は幸せかと思っていました。けれどたまにくる幸せと不幸せの間を右往左往しているだけと気が付いたのです。

物事、人、あらゆるものをジャッジして、自分が見たものが全て、間違いではないと、頑なに信じている。それゆえに思い通りにならないと不快な気分になり、これは嫌いと判断するようになると思っています。なぜ独善的なのでしょう。ゴミを持ち帰らない人はダメな人だ、あの人はすぐに嘘をつくから信用できない、次から次に怒りが出てきます。そう自分の物差しで律しているからです。こんな人も存在するくらいに留めておけばいいのですが、それが許せないと文句をつけるのですからストレスも多いですね。

この社会にうまく適合して、問題を起こさず常識を生きていれば、自分だけは、幸せになれると疑わないから、ジャッジするのが当たり前なのです。この当たり前をちょっと違う角度から見てみるのもいいかもしれません。

周りを見て、今の状況が全てを現しています。順調なら自分を大切にできている証拠だし、もしひどい状況にいたら、心をよく観察して自己否定していないか見ればいいのです。その習慣がつけば悩みも減りストレスも軽減されるかもしれません。

誰でも何歳からでも、成長できるし、年齢、環境、性別は関係ありません。今までのやり方で変わらなかった、自己実現したいけどできないと思っている時などは、自己否定をやめてみるのもいいと思います。私も行き詰まり、それを何とか打開したくて、もがいてきたうちの一人です。世界中の人々が、幸せに生きられる事を願って、まずは自分の出来ることからやっていこうと思います。
　この本をお手に取って下さった皆様に感謝申し上げます。また書き上げる上で、私に教えを授けてくれた書籍の著者の方々、また、この書籍の制作にあたり、ご尽力いただいた関係者の皆様に、厚く御礼申し上げます。

しおん

〈著者紹介〉
しおん
高等学校卒業後、料理の道へ進み調理師免許取得。家族との別れや最愛の祖父母の他界を経験して、哲学や心理学、精神世界に興味を持つ。その後物語の執筆を再開して作品を作り現在に至る。

魂《たましい》のいるところ

2024年9月20日　第1刷発行

著　者　　しおん
発行人　　久保田貴幸

発行元　　株式会社 幻冬舎メディアコンサルティング
〒151-0051　東京都渋谷区千駄ヶ谷4-9-7
電話　03-5411-6440（編集）

発売元　　株式会社 幻冬舎
〒151-0051　東京都渋谷区千駄ヶ谷4-9-7
電話　03-5411-6222（営業）

印刷・製本　中央精版印刷株式会社
装　丁　　弓田和則

検印廃止

ISBN 978-4-344-69153-7 C0093
幻冬舎メディアコンサルティングＨＰ
https://www.gentosha-mc.com/